LE JEU DES SI

DU MÊME AUTEUR

Les Rêveurs, *roman*, Grasset, 2018 (Grand Prix RTL-Lire 2018).

Du côté des Indiens, *roman*, Grasset, 2020.

ISABELLE CARRÉ

LE JEU DES SI

roman

BERNARD GRASSET
PARIS

Photo de la bande : © Carole Bellaïche.

ISBN 978-2-246-83033-7

Je sais bien que tu ne crois pas en Dieu, encore moins aux fantômes. Shakespeare non plus. Cela ne l'a pas empêché de faire errer l'âme du père d'Hamlet un certain temps, le temps que son fils le venge. Laisse-moi le temps de me venger de ta disparition, accepte mon Jeu des si, et faisons comme si je pouvais te retrouver toujours.

« Avant je prenais tout pour du hasard. Ces gens étaient mes parents, mais d'autres auraient pu l'être. J'étais avec un homme, amoureuse, mais j'aurais pu aussi bien le planter là et partir avec l'inconnu que nous croisions dans la rue. Je ne sais pas s'il y a un destin, mais il y a la décision… Tu as le jeu en main. »

Les Ailes du désir, Peter HANDKE

« Il n'existe aucun moyen de vérifier quelle décision est la bonne, car il n'existe aucune comparaison. Tout est vécu tout de suite pour la première fois et sans préparation. Comme si un acteur entrait en scène sans avoir jamais répété. Mais que peut valoir la vie, si la première répétition de la vie est la vie même ? C'est ce qui fait que la vie ressemble toujours à une esquisse. Mais même "esquisse" n'est pas le mot juste, car une esquisse est toujours l'ébauche de quelque chose, la préparation d'un tableau, tandis que l'esquisse qu'est notre vie est une esquisse de rien, une ébauche sans tableau. »

L'Insoutenable Légèreté de l'être, Milan KUNDERA

Première

Emma Auster

« Emma Bovary, c'est moi. D'après moi. »
Gustave Flaubert

Le visage collé au hublot, j'admirais les montagnes qui s'étalaient autour du long ruban goudronné de la piste d'atterrissage. Les lignes blanches et les pointillés défilaient à toute vitesse, tels d'impeccables formulaires à découper.

D'en bas, le ciel semblait bien plus gris, mais on pouvait encore deviner, à travers les nuages, la chaîne des Pyrénées et ses pics enneigés, aussi violette en ce début de soirée qu'une tablette de chocolat Milka. S'appliquant à contredire les sombres prédictions climatiques qui envahissaient chaque jour les journaux, l'hiver n'en finissait pas. Une rafale de vent déstabilisa l'avion au moment de toucher le sol, me projetant contre un homme en costume-cravate. Je m'excusai, il se contenta de hocher la tête. Fébrile, il consultait les nouvelles sur son téléphone portable sans attendre d'y être autorisé par l'hôtesse de l'air. Quelles informations cruciales avions-nous manqué durant l'heure de vol ? Un dernier virage, puis l'extinction du signal de sécurité lança les hostilités. Après le calme de la traversée, tous les voyageurs se bousculaient pour être les premiers dans l'allée. Gagné par ce mouvement d'impatience, mon voisin s'agitait et soufflait sur son siège comme un adolescent. À sa droite, une grosse dame l'empêchait de quitter la rangée. Il se leva pourtant et sa tête s'écrasa contre le plafonnier, tandis que la coupable rassemblait ses affaires, se plaquant sur le côté pour le laisser passer. Les yeux toujours rivés à l'écran, le costume trois-pièces se glissa dans la file, sans un adieu.

Devant moi, un enfant pleurait. De lourds sanglots étranglés secouaient ses épaules, mais personne n'y prêtait attention. À tour de rôle, les parents se reprochaient d'avoir oublié de réserver une chambre pour la nuit.

« Mesdames et messieurs, c'est le chef de cabine qui vous parle, j'ai le regret de vous informer que nous ne sommes pas en mesure de débarquer. Le système d'accostage ne fonctionne pas, et il semblerait qu'aucune autre passerelle ne soit disponible pour le moment... »

À ces mots, une vague de découragement se répandit sur les visages dégoulinant de sueur. Pour la forme, certains émirent de faibles protestations, puis la foule claustrophobique soupira à l'unisson, résignée. Le steward ne réitéra son annonce qu'après de longues minutes, déplorant n'avoir aucune information supplémentaire à communiquer. Malgré l'injonction répétée dans les haut-parleurs, personne ou presque n'imagina se rasseoir. Les bras chargés de bagages, la petite centaine de passagers s'acharnait à piétiner dans le couloir : un adolescent aidait une vieille dame à s'emparer de sa valise, un père séparait deux frères turbulents pendant que leur mère, épuisée, regardait ailleurs… Seul l'enfant aux joues luisantes de larmes paraissait disposé à obéir. Recroquevillé sur son siège, il respirait par petites bouffées le foulard de sa mère, qu'il maintenait étalé contre sa figure, tandis que ses yeux humides fixaient un point dans le vide. Quand il leva ses longs cils mouillés vers moi, j'acquiesçai discrètement à ses efforts. Surpris, il abandonna le foulard parfumé, et son visage s'ouvrit d'un seul coup. Son sourire dégageait une telle joie que je me dépêchai de l'enregistrer mentalement. J'ai un appareil photo dans la tête. Ses pupilles dilatées par les pleurs brillaient d'une complicité étonnée : « Tu les vois ? » semblait-il me dire. « Regarde-les ! Entassés comme des sardines, à transpirer dans leur blouson… »

J'aimerais être photographe pour de bon, songeai-je une fois de plus. *Je ne collectionnerais pas ces milliers d'instantanés dans ma mémoire, déplorant qu'au fil du temps la plupart soient devenus flous, je les posséderais vraiment, intacts, inchangés. J'aurais une preuve !*

Si seulement je n'avais pas si peur d'embarrasser les autres…

Tous les sièges étaient vides à présent. Indifférent à la dispute qui continuait plus loin, le garçon avait disparu, emportant avec lui le foulard et son sourire-bouclier.

Quand je trouvai enfin le courage de me lever, l'allée était complètement dégagée. Je me dirigeai vers la sortie, avec l'impression de flotter. Resté quelque part sur le trajet, mon esprit naviguait plus haut – à plus de dix mille pieds, si l'on en croyait le commandant de bord. D'ordinaire, moi aussi j'étais impatiente de connaître la suite du programme. Qu'est-ce qui m'arrivait ? La tête me tournait, j'avais les jambes coupées. *Je suis juste fatiguée*, me rassurai-je.

— *Redescends sur terre, Élisabeth,* s'empressa de contredire une seconde voix intérieure. *La douce folie de ta mère te rattrape. À force de planer, tu vas finir par t'envoler !*

Dans les bras de Martin, qui avait promis, pour une fois, de venir me chercher, j'allais recouvrer forces et raison. Depuis des mois, nous parlions de ce week-end de printemps, ce serait l'occasion de discuter du mariage, de décider s'il aurait lieu dans cette région où il avait passé une partie de son enfance, tout près de la frontière espagnole. J'étais curieuse de découvrir la côte, je voulais marcher le long de la Concha, ainsi que le conseillaient les guides touristiques consultés pour l'occasion. Je rêvais d'aller dans les bars à tapas du vieux San Sebastián, et de passer ensuite la soirée au Maria Cristina pour fêter ça. Nous pensions visiter des salles de réception dès le lendemain, choisir le traiteur, réserver des chambres d'hôtel pour les invités... J'étais presque heureuse. Presque. Qu'est-ce qui m'empêchait de l'être tout à fait ? L'avais-je d'ailleurs connu un jour ce bonheur sans tache ? Un ciel intérieur uniformément bleu, était-ce réaliste, et même souhaitable ? Autant de questions qui se renvoyaient la balle, rendant mes politesses aussi mécaniques que celles de l'hôtesse de l'air : « Bonsoir madame, permettez-moi de me joindre à tous les membres de SkyTeam pour vous remercier d'avoir voyagé en notre compagnie… »

Sa jupe crayon et son chignon banane me donnèrent envie de chanter comme Jacques Dutronc, *toute ma vie j'ai rêvé d'être une hôtesse de l'air, toute ma vie j'ai rêvé de voir le bas d'en haut, toute ma vie j'ai rêvé d'avoir des talons hauts, toute ma vie j'ai rêvé d'avoir les fesses en l'air…*

À peine avais-je franchi le seuil, que la femme balança son calot et sa veste bleu marine pour enfiler un imperméable corail, de la nuance exacte de son rouge à lèvres. Lorsqu'elle me doubla dans les escalators, elle fit mine de ne pas me reconnaître. Débarrassée de son uniforme, la jolie brune avait tôt fait d'oublier chacun des passagers qu'elle avait informés, désaltérés, nourris de biscuits sucrés ou salés, durant plus d'une heure de vol… Elle courait dans les dédales de l'aéroport, et j'aurais aimé partager son allégresse, savoir aussi bien qu'elle où aller. J'essayai de suivre la silhouette rouge sans me laisser distancer, mais impossible de la rattraper.

Martin devait se demander ce que je fichais, *pourvu qu'il n'imagine pas que j'aie raté l'avion.* Heureusement je n'avais pas de bagage à récupérer – mon petit sac à dos contenait l'essentiel, un minuscule tube de crème, un échantillon de parfum, un dentifrice miniature, personne ne pourrait m'accuser de fabriquer des bombes dans les toilettes…

Aux arrivées, des grands-parents récupéraient leurs descendances dûment étiquetées : « Alors finalement, il y avait plein d'enfants comme toi dans l'avion. Enlève donc cette fiche de ton cou ! » Des amoureux se retrouvaient, se touchaient, se serraient, tandis que la majorité s'éloignait avec une valise grise pour unique compagnie… Le hall se vidait, et Martin demeurait introuvable. C'était ma faute, j'avais dû me tromper. Lui indiquer le mauvais horaire. Pourquoi ne pas avoir quitté cette réunion interminable ? J'aurais pu prendre le même vol que lui… Une pluie fine recouvrit mon visage sitôt que j'eus passé les portes coulissantes. L'air était glacé, débarrassé des odeurs de pot d'échappement, j'avais déjà l'impression de sentir la mer.

Les voitures s'échappaient une à une du parking en direction du centre-ville. Aucune pour moi. Le week-end était gâché. Surmontant ma panique, je m'accrochais désespérément au portable au fond de ma poche. Pourquoi ne pas y avoir songé plus tôt ? Mon premier geste consistait pourtant à l'ouvrir dès le réveil – et si, par malheur, quelques catastrophes étaient survenues durant mon sommeil, je surfais dans le métro jusqu'au bureau. Une angoisse en chassait une autre. *Une adolescente de 14 ans retrouvée morte noyée dans la Seine, un attentat-suicide en Somalie, nouvelles alertes au tsunami*... Traiter le mal par le mal – jusqu'ici, c'était le seul remède dont je disposais.

Martin m'avait laissé un message. Il s'excusait de son absence, et me proposait de le rejoindre directement à l'hôtel.

Sur la chaussée, un dernier chauffeur agitait désespérément sa tablette électronique dans ma direction. Plus encore que ses gesticulations, c'est le nom inscrit sur l'écran qui m'arrêta : Emma Auster. Je venais de finir le dernier roman de Paul Auster. Comme nombre de ses lectrices, j'avais rêvé de lui au fil des pages. Me perdre dans les méandres de son esprit compliqué m'attirait davantage que ses yeux bleu glacier... Et soudain ce fut une évidence. J'allai jusqu'au chauffeur, puis affirmai en désignant sa tablette : « C'est moi. » D'une voix ferme et résolue : « Oui monsieur, c'est pour moi. »

Après de longues années à programmer des événements culturels sur la Côte d'Azur, les Nuits en Scène, Midi des Mots ou Folles Correspondances, on avait fini par m'envoyer sur le terrain. J'accompagnais désormais auteurs, acteurs et metteurs en scène, et prenais la ligne Paris-Nice plusieurs fois par mois. Parfois, je reconnaissais certains passagers. À Pâques ou aux grandes vacances, je voyais leurs enfants naître ou grandir à une vitesse fulgurante. À la sortie du terminal 3, j'observais en souriant ces ébats familiaux. Accoutumée à patienter dans la file des taxis, je leur laissais volontiers les six-places, imaginant quitter la queue pour m'attribuer telle ou telle voiture, prétendre être cette madame D. ou cette Françoise S. qui ne négligeait jamais de réserver son taxi.

Qu'est-ce qui me décida ce soir-là ? « Oui, c'est moi. »

Avec un brin de solennité, le chauffeur m'ouvrit la portière, manifestement soulagé de ne pas avoir attendu pour rien, c'était aussi simple que cela !

Une fois installée, je m'aperçus que je tremblais. J'avais beau frotter mes mains l'une contre l'autre, mes doigts restaient glacés. L'homme enleva sa veste, la plia sur le siège passager, m'évoquant une scène de film où le héros range méthodiquement ses petites affaires tandis que la fille, gênée, patiente nue sur son lit. Je m'efforçais de ne pas réfléchir, mais les questions se bousculaient dans ma tête : *pourquoi ne pas m'excuser ? M'arranger avec lui pour changer l'adresse de notre destination ?* Il était encore temps de lui révéler ma véritable identité. Il réajustait son rétroviseur dans ma direction. Puis, l'air sévère, concentré, il précipita sa berline sur la route détrempée. La nuit commençait à tomber, et je me mis à échafauder des dizaines de scénarios-catastrophes. Dans quelle histoire sordide venais-je de m'embarquer ? On me démasquerait, bien sûr, à l'arrivée. Et je devrais faire face à l'hostilité du comité d'accueil… Ces inconnus chercheraient-ils à tirer profit de la situation ?

Deux ronds-points plus loin, mon conducteur m'adressa un curieux sourire, et accéléra brutalement.

Lancée à 140 kilomètres/heure, la voiture projetait de larges flaques sur les côtés. Il n'était pas trop tard pour faire marche arrière. S'il me lâchait dans la nature, me plantait sur une route déserte, un village perdu, alors je passerais la nuit dehors – tout plutôt que d'appeler Martin à la rescousse. Je le laissai prendre un embranchement, et puis un autre, ESKUSKA à USTARITZ, chaque JEUDI sur le FRONTON, découvrez la VÉRITABLE PELOTE BASQUE… Au début, j'essayais de lire tous les panneaux indicateurs, dans l'espoir de deviner la destination. LARRESSORE, ITXASSOU, un nom revenait régulièrement, je m'y accrochais, certaine de détenir un indice, mais nous le dépassâmes bientôt. Et, le cœur serré, j'abandonnai là mes suppositions.

Nous avions quitté les entrepôts grisâtres en tôle ondulée, les multiplexes couverts de panneaux publicitaires qui fleurissent aux abords des villes, les anciens Mammouth et Mousquetaires de mon enfance remplacés par des Hyper Champion et des Carrefour dix fois plus grands. Les indéboulonnables Buffalo Grill étaient loin, nous longions à présent des champs en pente douce, bordés de haies, où des chevaux se tenaient serrés les uns contre les autres pour se protéger du vent. Cette escapade n'était pas seulement dangereuse, elle ne menait nulle part.

Je veux juste satisfaire ma curiosité, après je m'en irai, jurai-je pour dédramatiser, *c'est l'histoire de quelques heures*. Nous traversâmes plusieurs villages mal éclairés, dépassâmes de grandes fermes isolées, gardées par des chiens étrangement silencieux. Balayés par les pleins phares de la voiture, leurs yeux humides, phosphorescents, brillaient comme des loupes dans le noir. *Pourvu que je trouve un autre taxi pour rentrer...*

La route devenait tortueuse, et mon chauffeur ne cherchait plus à éviter les nids-de-poule qui se succédaient à un rythme inquiétant. Où allait donc cette femme dont j'avais voulu endosser l'identité ? Et s'il s'avérait que nous n'étions pas si différentes ? Si l'on nous confondait, Emma et moi ? Deux amies d'une petite quarantaine, au timbre de voix étonnamment proche, deux sœurs de taille équivalente, à la même couleur de cheveux. Il me serait facile alors de jouer à être elle ! Je pourrais poursuivre cette mascarade le restant de la soirée, et m'en aller saine et sauve au petit matin.

À condition, bien sûr, qu'on me laisse repartir... Que faire si j'avais la faveur de plaire ? À l'image des acteurs de série condamnés à jouer toute leur carrière les juges ou les inspecteurs, resterais-je moi aussi prisonnière d'une autre vie ?

L'homme conduisait trop vite, d'ordinaire j'aurais exigé qu'il ralentisse. Je songeais à d'autres destinées répétitives et cadenassées, à mon existence pleine de servitudes bureaucratiques. Malgré ma peur, le désir d'enfiler un nouveau costume était le plus fort.

Sur cette route de campagne, étroite et escarpée, j'étais à des années-lumière de l'open space où je passais la majeure partie de mes journées, et pourtant les voix changeantes de mes collaborateurs me poursuivaient. Dès qu'il s'agissait de s'adresser aux élus régionaux, chacun savait modeler sa personnalité comme de la cire. À chaque édition, nous avions droit à ce genre de numéro. Si je parvenais à ajuster mes pensées avec autant d'enthousiasme que la chargée de communication, ou à masquer mes sentiments aussi brillamment que notre community manager, à l'imiter quand il sollicitait « les talents », je saurais incarner cette Emma Auster, je devais juste trouver la conviction nécessaire.

À moins qu'Emma ne soit aussi solitaire que moi. Inutile de rassembler mes forces pour affronter des adversaires imaginaires, il ne me manquait peut-être qu'un trousseau de clés ! Un code que je ne possédais pas. Emma rentrait chez elle, un point c'est tout. Je n'aurais fait ce chemin que pour trouver porte close… Il ne me resterait plus, alors, qu'à refermer cette parenthèse décevante, et à retourner sagement à ma petite vie d'avant. Un simple détour… J'expliquerais à Martin que j'avais attendu des heures un taxi, en vain.

Au lieu de me rassurer, je devais reconnaître que cette perspective ne m'enchantait guère. Malgré l'angoisse que suscitaient mes plus folles hypothèses, une drôle d'excitation s'était emparée de moi. Je répétais son prénom dans l'espoir de me l'approprier. Em-ma. La machine à fantasmes ne voulait plus s'arrêter. Clac-clac des talons aiguilles sur du marbre froid. J'essayais de la suivre dans ma tête, de la même manière que j'avais suivi une demi-heure plus tôt l'hôtesse de l'air dans les méandres de l'aéroport. Em-ma, Em-ma. Était-elle grande, élégante ? Portait-elle aussi ce genre d'imperméable ? Ce taxi la conduisait-il à un rendez-vous d'amour, ou à une de ces inévitables réunions familiales qu'on s'impose année après année sans savoir pourquoi ? Voilà que je m'inquiétais pour une femme dont j'ignorais tout le matin au réveil. Que s'était-il passé pour qu'elle manque à l'appel ? Certainement rien que de très banal. Rater l'avion. La véritable Emma, prise au piège de l'autoroute saturée, était arrivée trop tard… Je la voyais traverser l'aéroport, essoufflée, rouge de dépit et de confusion. La responsable venait juste de boucler l'enregistrement, impossible de la faire changer d'avis : « Un accident spectaculaire à la sortie de Paris… À quelques minutes près. Madame, s'il vous plaît… » Autant se heurter à un mur, la fille derrière son comptoir n'avait rien voulu savoir. Impuissante, Emma s'en était retournée, oubliant de décommander sa course à l'arrivée.

Une vague silhouette se dessinait. Une ombre s'accrochait à mes pas, je n'étais plus seule.

Mon image bouleversée m'apparut soudain dans le rétroviseur. Cet accrochage sur l'autoroute était peut-être le sien ! La voiture d'Emma avait fait une embardée et s'était encastrée dans la glissière. Le motard qu'elle avait voulu éviter m'apparut aussi nettement que s'il s'enfuyait sous nos yeux… Et si j'avais hérité d'un bien précieux ? Je me comparais absurdement à ces gens opérés d'un rein ou du cœur, ces miraculés qui se sentent redevables, mystérieusement proches de leur donneur. Comme dans ces jeux vidéo où l'on peut renaître, changer d'avatar à chaque partie, l'accident de cette femme m'offrait une nouvelle vie. Une seule chose me préoccupait désormais : être à la hauteur de cet étrange sacrifice.

J'improviserai, me persuadais-je, fatiguée d'avance à l'idée des efforts qu'il faudrait fournir. Le mieux serait sans doute de me taire. Surtout ne pas chercher à combler les silences. Dans les blancs, les points de suspension, mes hôtes projetteraient ce qu'ils voudraient, et je finirais par deviner ce qu'ils attendaient de moi.

Pour éviter les impairs : laisser parler les autres.

La méthode avait fait ses preuves – en amitié comme en amour, je n'agissais pas autrement. *On me croira timide,* espérais-je. *Et avec un peu de chance, une écoute vigilante suffira.*

Oui, je m'en tirerais peut-être comme ça.

Nous roulions depuis plus d'une demi-heure sur une petite départementale en lacets, dépassions des villages minuscules, cachés à flanc de montagne. J'avais mal au cœur, je baissai la vitre, il ne pleuvait plus, le ciel s'était dégagé d'un seul coup. L'air frais fouettait mon visage. Il sentait le linge qui sèche et les feuilles tombées, quand elles se mélangent à la terre. Une fois dissipés les effluves d'herbe mouillée, le vent laissait sur moi l'impression amère d'un parfum d'autrefois : l'odeur âcre de la classe avant la récréation, quand le tableau est recouvert de craie. Le chiffon humide et poussiéreux de la maîtresse.

Mon téléphone se mit à sonner. Je me dépêchai de l'éteindre, comme prise en faute. Sur l'écran, la lumière disparut aussitôt. La surface aveugle, noire et glacée, ressemblait à un lac miniature, si profond que j'aurais aimé plonger dedans. À la faveur d'un reflet, l'appareil me renvoya l'image familière d'un visage pâle aux yeux cernés. Je décidai de ne plus l'ouvrir, et même de m'en débarrasser à la première occasion. Emma n'en possédait pas. Comme beaucoup d'autres choses, elle avait découvert qu'on pouvait s'en passer.

Mon chauffeur guettait les virages, concentré. À Paris, le moindre trajet s'accompagnait toujours de blagues radiophoniques ou de discussions décourageantes sur l'actualité. Pas une fois celui-ci ne m'avait adressé la parole, on n'entendait que la brise siffler autour de nous. Le froid du dehors me fit frissonner. À peine refermée, de la buée se forma sur la vitre. Dessinant des formes douces, des fantômes d'enfants soufflaient sur ma fenêtre. Du bout du doigt, j'y traçai mes nouvelles initiales, à l'envers, à l'endroit, A majuscules et E dans l'eau – des gouttes de pluie larmoyaient encore sur le carreau. J'inclinai la tête en arrière, le ciel était criblé d'étoiles. Un véritable planétarium se déployait au-dessus de la montagne. Les constellations défilaient trop vite. Pour elles, nous devions ressembler à des insectes microscopiques. Peu à peu, j'oubliais mes mensonges dans les virages, mon imposture... Je revenais au temps béni où je n'avais aucune décision à prendre. L'époque des départs en vacances. Longs voyages en voiture pour rejoindre la mer en été, la montagne en hiver. C'était si agréable de se laisser porter. Jamais il ne me serait venu à l'esprit de douter des grandes personnes. Petit chien fidèle, heureux de marcher dans les pas de son maître. Où qu'ils aillent, ma sœur et moi les suivions avec allégresse. Nous les aurions suivis en enfer… Comment imaginer qu'ils nous y emmèneraient pour de bon ?

Retombée en enfance, j'en oubliais de surveiller l'homme dans le rétroviseur. Depuis combien de temps m'observait-il ainsi ? Se doutait-il de quelque chose ?

Blond, le cheveu rare et pourtant en bataille, le visage épais du chauffeur me faisait penser à cet acteur américain cantonné aux seconds rôles, spécialiste des types louches en tout genre. Son nom émergea soudain des tréfonds de ma mémoire, *Philip Seymour Hoffman !* Impossible de l'oublier : je lui devais mes plus grandes frayeurs cinématographiques ! Je repensai aux dizaines d'obsédés sexuels, violeurs ou prêtre libidineux qu'il n'avait cessé d'interpréter au long sa carrière. L'homme agita son menton d'un air réprobateur, comme s'il refusait la comparaison. Mon cœur se remit à battre plus fort. Je m'agrippai à mon écharpe. Que ferais-je quand il m'aurait déposée devant la porte ? Dans mon esprit, elle était en bois sculpté, avec une belle poignée d'argent. Digne des films d'horreur de mon adolescence. J'avais beau fermer les yeux pour chasser ces images angoissantes, d'autres valsaient devant moi à un rythme soutenu : des hommes en treillis, une partie de cache-cache dans la forêt, un hangar où s'empilaient des centaines de kilos de drogue, planquées dans des chargements de bananes, j'étais le témoin à supprimer.

Trop d'imagination. Tu crois qu'on te surveille avec des jumelles, que ton patron te suit dans la rue, ou t'attend le soir dans le hall de l'immeuble… Pourtant tu le reconnais toi-même, tu es transparente. Sur les films en Super 8 de ton enfance, tu t'effaces littéralement dans le paysage.

Tes cauchemars sont charitables. Ils te donnent l'illusion qu'on fait enfin attention à toi. Mais sois lucide pour une fois ! Affronte la réalité, et arrête de délirer.

La tension m'avait épuisée. Jamais je ne me serais crue capable de dormir dans un moment pareil. Le tableau de bord affichait neuf heures du soir, j'avais donc somnolé de longues minutes.

Nous avions pris de l'altitude, mon planétarium avait disparu dans la brume. Des nappes de brouillard s'enroulaient autour des arbres qui bordaient la route, s'accrochant aux branches pour former des guirlandes de fausses toiles d'araignée. La forêt au loin ressemblait à un décor de film, abritant stryges et dames blanches échappées de quelque manoir hanté. Impossible de me soustraire à l'engourdissement. L'atmosphère laiteuse, propice aux fantasmagories de cimetières, semblait produire l'effet inverse sur mon chauffeur. La morosité de Philip Seymour avait fait place à une étonnante agitation. Il se dandinait sur son siège, à la recherche d'une musique entraînante pour fêter notre arrivée. Des voiles aussi épais que des nuages se déchiraient dans la lumière irradiante des phares, et ni l'enthousiasme de mon chauffeur ni la trompette de J.J. Johnson ne parvenaient à me ranimer. Brusquement, le taxi se gara sur le côté. L'homme s'expulsa, tel un diable de sa boîte, empoigna mon sac et le déposa à mes pieds, visiblement pressé d'en finir. Des débris d'arc-en-ciel luisaient dans une flaque d'essence. Les reflets iridescents variaient d'intensité en bougeant, comme sur des ailes de papillon. Avant de s'éloigner, Seymour me désigna une maison de village à colombages, typique de la région. Une vingtaine de maisons aux volets rouges, du même modèle, se tenaient serrées le long de la route.

Je voyais d'ici qu'on avait vite fait le tour du village. L'arrivée d'une grande surface dans l'agglomération voisine avait probablement tué les commerces du coin. Ne restait qu'un café où je me réfugierais plus tard, sur une vieille place garnie de bancs autour d'une petite fontaine de théâtre. La Providence n'avait pas de terrasse, on y accueillait les clients dans une salle modeste, mais joliment éclairée. Ses propriétaires possédaient aussi deux ou trois chambres à l'étage, pour dépanner les gens de passage : camionneurs épuisés que l'on ne croisait qu'à l'aube ou chasseurs suréquipés. Cuissardes et vestes polaires. L'établissement faisait également office de buraliste, et recevait pour rendre service les colis des quelque 430 habitants de Lepokoa, en plus de ceux qui logeaient dans la vallée… Entre deux boutiques à vendre, une petite boulangerie résistait plus loin. Et c'est tout.

La berline de Seymour démarra dans un puissant bruit de moteur, me rappelant les motos débridées des jeunes de mon quartier. Je la regardai s'éloigner, avant de m'approcher de la maison, indécise et tremblotante. Un lampadaire sur trois était cassé, mon pied s'enfonça dans un trou. Boitillant jusqu'à l'entrée, je fus soudain gagnée par un profond découragement. Un coup de vent balaya la rue et emporta mon écharpe. Pas la force de courir derrière. Je grelottais comme si j'avais marché tout l'après-midi sous la pluie. Le froid humide qui s'infiltrait dans mon cou m'aida à sonner à la porte, mais personne ne vint à ma rencontre. J'insistai, déterminée à m'échouer pour quelques heures au moins dans ce lieu inconnu.

Après un silence suivi de cris aigus, j'entendis enfin des pas précipités, et mon cœur se remit à battre plus fort. J'avais beau économiser l'air qui rentrait dans mes poumons, me contentant de toutes petites inspirations, la poitrine me faisait mal. Une femme d'une trentaine d'années apparut dans l'encadrement. « Emma », lançai-je sans préambule. Le mot de passe fonctionna, car elle m'encouragea aussitôt à entrer. Mon hôte était grande, l'air avenant, bien qu'étonnée par ma présence. « On pensait que vous ne viendriez plus ! »

Mes joues devaient être spectaculairement rouges, je sentais des gouttes de transpiration couler sur mon front, je lui racontai l'histoire de la passerelle pour justifier mon retard.

« Les enfants étaient persuadés que vous aviez renoncé tout simplement ! Votre dernier message était si confus que j'ai failli annuler le taxi. Posez vos affaires, nous les monterons tout à l'heure.

— Merci madame, soufflai-je en baissant la tête comme une petite fille.

— Oh, appelez-moi Adèle, s'il vous plaît. C'est formidable que vous soyez là ! Je sais qu'au départ vous cherchiez plutôt du côté espagnol, mais vous verrez, pour beaucoup de gens, c'est déjà le bout du monde ici ! Je vous montrerai la maison plus tard. Par là, je vous en prie… »

Elle me conduisit dans la salle à manger où deux enfants qui lui ressemblaient trait pour trait étaient en train de finir leur dîner. Les cheveux brun-roux comme elle, ils avaient la bouche étroite et bien dessinée, le même nez très fin recouvert de taches de rousseur. Ils me regardaient de leurs yeux immenses et doux, sans masquer leur curiosité. Percevant mon embarras, la benjamine, une fillette de six ou sept ans, me désigna une chaise à l'autre bout de la table. « Vous étiez plus grosse sur la photo ! » affirma le garçon qui dépassait sa sœur de deux têtes. Je me retins de m'excuser lorsqu'il se fit rabrouer par sa mère. Les yeux de l'enfant me faisaient honte. La petite ne cessait de me fixer, pendant que la maîtresse de maison me servait une grosse part de tarte, et remplissait mon verre de vin :

« De l'irouléguy, un peu corsé, précisa-t-elle en souriant, il vient d'Espagne… »

Je bus plusieurs gorgées d'affilée, et la chaleur de l'alcool m'offrit bientôt le semblant de réconfort dont j'avais besoin.

« J'espère que tu seras gentille. Plus gentille que la voisine qui nous gardait avant », me glissa la fillette. J'acquiesçai bêtement. Par délicatesse, tous s'étaient resservis, et je dévorai me souvenant que je n'avais presque rien avalé de la journée.

« Prenez votre temps… me pria Adèle. D'habitude ils se couchent plus tôt, mais ils veulent fêter votre arrivée. Alors, qu'est-ce qui vous a convaincue finalement ? »

Des aveux se profilaient, on aurait même dit qu'ils se matérialisaient sous mes yeux : une main tendue que je refusais de saisir. Je savais pourtant que si je ne faisais rien pour la retenir, il serait plus difficile ensuite de revenir en arrière. Quelques secondes encore, et je n'aurais d'autre possibilité que de continuer à me laisser entraîner, d'autre choix que de jouer ce personnage qui prenait lentement forme au cours du repas – une sorte de Mary Poppins ?

J'improvisai, sans virtuosité aucune, sur la nécessité d'une vie meilleure, loin de la pression des grandes villes. Malgré mes hésitations, l'endroit me paraissait suffisamment isolé. J'enchaînai sur mon désir d'exercer un métier dans « le secteur de l'enfance », depuis toujours, et les assurai de ma joie d'être auprès d'eux.

« Oui, personne ne vous dérangera ici, ajouta-t-elle d'un air entendu. Sébastien et moi avons certes peu à vous offrir, mais l'annonce ne mentait pas ! Dans nos montagnes, vous aurez l'esprit libre pour vous adonner à votre passion. En dehors des enfants à aller chercher à l'école et à coucher quand je ne serai pas là, vous aurez tout le temps de photographier les oiseaux. Vous arrivez au bon moment, les grues commencent juste à revenir !

— Le village porte bien son nom, opina le garçon. Lepokoa signifie le Col où passent les oiseaux. » La fillette nous interrompit, elle voulait que je lui lise une histoire, sa mère proposa de remettre ça à plus tard. Et la vérité s'éloigna lentement. Mon esprit refusait d'agir, ma voix d'obéir. Comme dans ces cauchemars où l'on ne peut que projeter des cris muets en courant sur place, les mots restaient bloqués dans ma gorge. Le plus grand se leva pour débarrasser. Figée sur ma chaise, je les observais s'affairer dans la cuisine. Lorsqu'enfin je parvins à les rejoindre, les bras chargés de verres qu'Adèle fit disparaître par paires dans le lave-vaisselle, mes aveux s'étaient envolés.

On me conduisit jusqu'à ma chambre, celle du fond, près des enfants. Et, tandis qu'elle m'expliquait son travail de nuit au Centre hospitalier, les kilomètres nécessaires pour s'y rendre, qu'elle insistait sur les absences récurrentes de son mari, la nécessité de ma présence m'apparut avec une telle évidence qu'après son départ, je me laissai tomber sur le lit, hébétée. J'étais sans force. Il s'était remis à pleuvoir. En attendant ici le lever du jour, j'éviterais au moins de me faire renverser par une voiture. Comme ce serait bon de m'éveiller dans une autre réalité. *Si je pouvais effacer ces dernières heures.*

J'avais quitté la route toute droite, sans réfléchir, pour m'engager dans un embranchement douteux. Tout s'était détraqué par ma faute.

Ma seule faute ? Ne m'avait-on pas plutôt transportée là, manipulée comme une marionnette, la marionnette d'un Dieu facétieux qui jouait à m'essayer, ailleurs ?

D'ordinaire le moindre de mes actes était mûrement réfléchi, jusqu'à la carte du restaurant que je scrutais attentivement – mes hésitations finissant par impatienter le serveur autant que mes amis affamés. Ce soir, je ne me reconnaissais pas, cette impulsivité n'était pas la mienne. Au sortir de l'enfance, j'avais retenu la leçon des adultes autour de moi : nos actes nous lestent et nous suivent à jamais. Tous les capteurs dressés, j'avançais donc avec prudence, pesant le pour et le contre.

Malgré toutes mes précautions, j'avais commis mon lot d'erreurs, manqué de parole, trahi des gens, raté des occasions de me racheter, laissé passer ma chance. Par peur de commettre un impair, je m'étais souvent abstenue, laissant les autres décider, s'agiter à ma place. Si le résultat, en définitive, était le même, à quoi avaient servi tous mes efforts, cette prudence démesurée ? À cause d'elle, moi qui rêvais de faire le tour du monde, j'avais dû me contenter du pâté de maisons. Emma et sa passion pour les oiseaux me le rappelaient douloureusement. Au lieu de voyager, de faire des reportages en Chine ou en Amazonie, j'avais préféré m'abrutir dans un bureau pour organiser des festivals d'été. Villeneuve-Loubet, Sanary-sur-Mer et Puget-sur-Argens. Je me consolais en me drapant de bonnes intentions. L'on pourrait m'accuser de tout, mais pas de légèreté, pas d'inconséquence. Jusqu'à aujourd'hui.

Quand personne ne vient vous chercher, pourquoi ne pas se jeter dans les bras d'un homme, n'importe lequel, pour les voler à sa fiancée ? Lui, ou le premier taxi venu ? L'heureux élu ne manquerait pas de se féliciter du troc ! Délires de jeune fille qui ne croit plus au prince charmant et choisit de s'en remettre au hasard. Et voilà qu'en l'espace d'une soirée, ces fantasmes de pacotille étaient devenus réalité. Il avait suffi d'une phrase. À peine trois mots pour que tout bascule. J'en avais mal au cœur, la tête qui tourne, je me revoyais pointant du doigt la pancarte : « C'est pour moi ! »

Il était encore temps de me ressaisir. *Demain, je partirai avant leur réveil, ou mieux cette nuit, dès qu'ils dormiront.* J'avais l'impression d'avoir enfin recouvré ma raison, et me jurais de ne plus jouer avec le sort comme un enfant qui s'ennuie.

La chambre, étroite et claire, me rassurait. Le papier peint sur les murs était recouvert de petites fleurs, d'une couleur douce, apaisante. À force de suivre les guirlandes de myosotis qui remontaient jusqu'au plafond, le calme revint peu à peu. Après quelques heures de sommeil, je saurais reprendre le cours de ma vie ! J'entendais Adèle faire des allées et venues dans le couloir, puis la maison se tut. Je songeai au bonheur simple d'être seule dans une pièce, porte entrouverte, pour sentir les autres vivre à côté. Et, dans la pénombre, je compris soudain qu'une partie de moi n'avait fait qu'attendre cette incroyable opportunité : disparaître.

« Vous vous demandez comment font les gens. Vous avez l'impression de naviguer à vue, de n'avoir aucune solution toute faite… Mais c'est déjà quelque chose ! Oubliez les difficultés, et chérissez votre lucidité. » Le mois précédent, je m'étais inscrite à la formation *Gestion des risques psycho-sociaux* qu'organisait ma direction, et j'avais été saisie par ces remarques qui semblaient s'adresser à moi en particulier.

Rainer Maria Rilke – dont je gardais les *Lettres* récitées au festival de la Correspondance – ne le disait pas autrement : « *Efforcez-vous d'aimer vos questions elles-mêmes…* »

Je relus ses mots à voix basse pour les faire pénétrer en moi, jusqu'à ce que je parvienne à m'endormir. *Efforcez-vous d'aimer*… À travers la fenêtre, le ciel s'assombrissait encore. La Voie lactée s'était volatilisée. Un écran noir régnait à la place. Plutôt que de toujours se lancer à l'aveuglette, ce serait pourtant rassurant de croire en sa bonne étoile. Si seulement on pouvait en obtenir quelques garanties, dans les moments critiques être guidé par ses signaux lumineux.

Efforcez-vous d'aimer vos questions… À défaut d'étoile mieux valait, en effet, miser sur la patience. En amour, j'avais systématiquement opté pour la méthode anglaise « Wait and See ». Même avec Martin, je n'avais jamais dérogé à la règle.

Après tout, quitter le tourbillon parisien, fuir la pression d'un mariage toujours remis à plus tard, pour « attendre et voir » n'était peut-être pas une si mauvaise idée.

Depuis le temps que je rêvais de disparaître.

Disparaître pour mieux recommencer ?

Leica M

Au milieu de la nuit, je fus réveillée par des cris et des sanglots. Après avoir recouvré mes sens, je tâtonnai vers la porte, non sans heurter violemment ma jambe aux coins du lit. La fillette pleurait dans le couloir. Impressionnée par son visage rouge Mercurochrome, ses yeux fiévreux, j'approchai avec autant de précaution que si je me trouvais face à un animal sauvage. Je tentai une caresse, mais l'enfant, effrayée, recula. De ma voix la plus douce, je l'invitai à retourner dans sa chambre, voulait-elle que je lui lise une histoire, préférait-elle une chanson ? Avait-elle soif ? En désespoir de cause, je proposai de nous asseoir, quand Adèle surgit à l'autre bout du couloir : « Je m'en occupe… À cause d'un… Malheureusement, Suzanne… rester près d'elle… tout ça demain. » Impossible de saisir la moindre explication, la fillette hurlait toujours, inconsolable. Les larmes n'en finissaient pas de couler le long de ses joues boursouflées. On distinguait à peine l'iris vert clair à travers les pleurs. Deux boutons de jade, détrempés à l'aquarelle.

Au centre, nageaient de minuscules araignées noires et fines : ses pupilles, contractées sous la lumière crue du plafonnier. Sa mère nous replongea brusquement dans l'obscurité, et emporta l'enfant dans ses bras. Ma timide confiance de la veille au soir s'était envolée, si bien que je me recouchai aussi désorientée que la petite somnambule. Qu'est-ce qui nous attendait, qu'allions-nous devoir affronter, elle et moi ? Un banal monstre de cauchemar, aux poils verts, dents pointues et griffes de dessin animé ? Ce serait facile alors d'en faire un ami. Mais si c'était autre chose ? Étais-je assez armée pour le combattre ? Je restai étendue dans mon lit sans dormir jusqu'au petit matin.

Le soleil se levait à peine quand je me décidai à descendre. Plus fébrile encore qu'à l'arrivée, je mourais d'impatience de retrouver ma protégée. Déjà attablée avec son frère, devant un copieux petit-déjeuner, elle était joyeuse et détendue. Nous n'habitions pas ce monde impitoyable que mon imagination débridée se plaisait à me peindre, la nuit surtout. Les gens n'étaient pas si tordus, finirais-je un jour par le comprendre ?

Adèle avait tout préparé et m'accueillait avec le sourire. Pourquoi ne pas lui faire confiance ? Profiter enfin des bons côtés de l'existence plutôt que de toujours s'attendre au pire ?

Les enfants voulaient me montrer l'école. Elle était fermée le samedi, mais je pourrais repérer les lieux, à une vingtaine de minutes à pied de la sortie du village.

Par mauvais temps, on pouvait s'y rendre avec la voiture d'Adèle, si elle n'était pas de garde à l'hôpital ou partie faire des courses… « Vous verrez, il pleut presque tous les jours dans ce pays ! » m'annoncèrent les autochtones comme s'il s'agissait d'une bonne nouvelle. Voilà pourquoi l'herbe m'avait paru si grasse, ce matin, en ouvrant la fenêtre. Le jardin derrière la maison, les montagnes au-dessus de nous, et les champs en contrebas, mélange de jaune d'or et de vert primaire à peine extraits de leurs tubes de peinture, jamais jusqu'alors je n'avais vu paysages parés de telles couleurs.

« Tu n'as pas pris ton appareil photo ? Regarde les busards, il y en a plein ici ! » Neuf heures n'avaient pas encore sonné que déjà nous foulions la prairie humide. Les enfants m'observaient sans crainte, semblaient m'avoir adoptée. Au lieu de m'en réjouir, cette constatation m'accabla. Ce soir, nous serions seuls, eux et moi… Ils ne me connaissaient pas, mais il leur avait suffi d'un bref dîner pour me ranger de leur côté. Adèle aussi, tous m'avaient crue. J'aurais pu être une tout autre usurpatrice, animée de détestables intentions. Je les regardais courir entre les mottes de terre, des vies ne tenant qu'à un fil. Susceptibles de se fracasser en un instant. Quelques minutes d'inattention, et c'était l'accident, la mauvaise rencontre. Je devais à tout prix les protéger d'un tel danger. Tandis qu'ils se disputaient pour être le premier sur le chemin, je résistai au désir de les rattraper et de les serrer dans mes bras. De les serrer autant que je le pouvais, avant qu'il ne soit trop tard.

Cet élan imaginaire en suscita un autre, je me mis soudain à penser à Martin qui avait dû m'attendre la nuit entière. Je l'imaginai tourner en rond dans la chambre d'hôtel, s'épuisant à appeler dans le vide.

Et mes collègues, comment allaient-ils réagir à mon absence ? Si je choisissais de rester ici plus longtemps, combien de mois leur faudrait-il pour m'oublier ? Martin lui-même, aurait-il besoin de plusieurs années, ou seulement de quelques semaines pour tourner la page ? Quitterait-il rapidement notre petit appartement ?...

Je devais sans tarder écrire une lettre à ma mère, elle se chargerait de prévenir tout le monde. J'ignorais jusqu'où tout cela me conduirait, je voulais juste gagner du temps, et je savais qu'elle accepterait de bon cœur son rôle de messager. « Maman, j'ai besoin de faire une pause pour réfléchir à la nouvelle orientation que je souhaite donner à ma vie... » Elle adorait ce genre de baratin. Elle qui, à soixante ans passés, n'en finissait plus de découvrir les vertus de la méditation transcendentale et enchaînait les stages de développement personnel, ne pourrait qu'applaudir. Ne venait-elle pas de réapparaître après un long séjour Vipassana au Canada ?

Je l'imaginais d'autant plus enthousiaste à l'idée de ma petite retraite qu'elle n'avait jamais apprécié mon compagnon. Je me souvenais de leur première rencontre. Martin pour me séduire s'était piqué d'art photographique, il y consacrait la majeure partie de ses économies et exposait les tirages sur les murs de notre appartement. Après les présentations d'usage, j'avais commis l'erreur d'installer ma mère face à un grand format particulièrement intrigant. Peu attentive à mes questions, elle n'avait fait que fixer l'image derrière moi. Ce kaléidoscope d'hommes ivres et de femmes nues, ravagées, ne l'avait pas émue, plutôt angoissée. La fréquentation de son propriétaire allait peut-être finir par m'user moi aussi. Ressemblerais-je un jour à ces femmes décharnées, aux yeux écarquillés ?

Le long de la route, les arbres immenses se succédaient à intervalle régulier. Alignés en soldats disciplinés, ils donnaient l'impression d'être gelés. Leurs branches tordues, serrées les unes contre les autres pour se réchauffer, se rejoignaient à la cime – dans l'idée de nous protéger ?

Dans cet océan de chlorophylle, mes poumons s'ouvraient mieux que d'ordinaire. Aspirer cet air aux effluves de fougère était aussi rafraîchissant qu'un verre d'eau glacée en plein été.

Le garçon n'eut pas à lutter longtemps contre sa sœur, à peine avions-nous commencé notre promenade qu'il marchait loin devant, d'un air triomphant. « Jean ! Jean, attends-nous ! » Plus grand que les enfants de son âge, à onze ans, il ressemblait déjà à un adolescent, avec sa démarche décidée, ses épaules un peu rentrées comme s'il voulait protéger quelque chose de fragile à l'intérieur, ses bras trop longs, et ses cheveux bouclés qu'il avait mouillés pour se coiffer. Il se maintenait à une centaine de mètres, prenant un plaisir manifeste à nous guider. Tandis que son jeune corps, solide, encore emprunté, nous montrait le chemin, Adèle l'apostrophait sans cacher son impatience, cherchant à dompter sa belle énergie. *Elle ne connaît pas sa chance*, songeai-je le cœur lourd. Combien de fois n'avais-je pas assisté à l'une de ces scènes : des parents criant sur leur gamin prostré aux rayons jouets d'un supermarché ? « Si c'est comme ça, on te laisse ! » Le bras minuscule qu'on tire trop fort pour avancer…

Liberté, Égalité, Fraternité. Malgré ces mots gravés en lettres d'or au-dessus de l'entrée, l'école était une modeste bâtisse jaunâtre. Mais les enfants ne tarissaient pas d'éloges et insistèrent pour faire le tour du propriétaire. Les portes de la cour étaient fermées, alors ils se faufilèrent derrière la barrière, et m'y entraînèrent afin que je puisse apercevoir leurs salles de classe. Suzanne gravit à toute vitesse le portique sur lequel elle et ses camarades se défoulaient à chaque récréation, et m'adressa de là-haut un salut victorieux.

Au retour, Jean nomma toutes les montagnes qui nous entouraient. Elles n'étaient pas très hautes, mais joliment dentelées, prisonnières d'un rouleau de cumulus très blancs. De petits stratus moussus en forme de galets s'agglutinaient sur leurs flancs. « On dirait que les nuages sont amoureux, tu trouves pas ?

— Ou que la montagne se fait brosser les dents ! »

Adèle pressa le pas, nous devions discuter des horaires, de mon contrat, elle devait encore remplir le frigidaire et décommander la voisine avant de prendre son service à l'hôpital… « Attendons quelques jours. Quelques jours ou quelques semaines, si vous le permettez, afin de voir si je peux m'adapter », proposai-je d'une voix douce qui se voulait rassurante. Sur le buffet de la cuisine, j'avais vu l'annonce du Bon Coin à laquelle la vraie Emma Auster avait répondu. Je savais du moins qu'aucune agence spécialisée n'enverrait de lettre de relance.

Me figurer la véritable Emma s'appliquant à répondre à l'offre d'emploi avait réveillé ma culpabilité. Je devinais l'attente anxieuse, l'espoir que cette perspective avait suscité en elle, la satisfaction enfin d'avoir été choisie. Je pris même un plaisir honteux à me raconter ses joyeux préparatifs sur le chemin, comme si j'avais participé à une compétition acharnée, et que, par des moyens lâches et détournés, j'étais parvenue à évincer ma rivale.

J'en oubliais de répondre à mon nouveau prénom. Malgré tous mes efforts, Emma restait une enveloppe vide. Les enfants avaient beau m'appeler, je ne me retournais pas. Loin de se décourager, Suzanne ne cessait de me couvrir de cadeaux : un brin de menthe, un bouquet de boutons-d'or et d'anémone, un caillou plat… Glissant sa main brûlante dans la mienne, elle m'entraînait d'un fossé à l'autre pour m'offrir un trèfle à trois feuilles qui, d'après elle, en valait quatre, me faire souffler sur l'aigrette d'un pissenlit, me confier une coccinelle… autant d'attentions qui m'entaillaient le cœur. Incapable de me projeter dans l'avenir, pas même au lendemain, je ne savais qu'une chose : avec mes poches pleines de fleurs, je ne voulais pas partir. Pas tout de suite. J'irais en ville dès que possible pour clôturer mon compte et commander le matériel nécessaire afin de pouvoir jouer mon rôle : ce Leica M 35 mm dont j'avais toujours rêvé.

Après avoir passé l'après-midi à entendre leurs rires, leurs cris dans le jardin, à partager d'interminables parties de cache-cache de la cave au salon, toute trace de fébrilité avait disparu. Je me sentais étrangement apaisée, traversée par un courant doux. Comme si j'étais chez moi, pour la première fois de ma vie.

La clarté du dehors s'infiltrait au travers des carreaux jusqu'à la porte de la cuisine. De fins rayons éclairaient les dessins accrochés aux murs, caressaient les fleurs sur la table, traversaient les verres remplis de citronnade ; d'une texture incroyablement pure, l'atmosphère vibrait comme au théâtre, on aurait dit que des projecteurs étaient braqués sur nous, accordant à chacun une existence plus frappante.

Tandis que je rangeais les assiettes en faïence qui me rappelaient ma grand-mère, et les verres à pied aussi transparents que du cristal, j'exhumais d'autres trésors : coquetiers recouverts de coquillages, ronds de serviette peints à la main, colliers de fête des mères… Toute la soirée, je glanai ces surprises d'école et de plus modestes souvenirs encore, disséminés aux quatre coins de la maison : fleurs séchées collées dans un vieux cahier, cartes postales de vacances oubliées entre les pages, et cette recommandation écrite au feutre rouge sur la couverture d'un livre (il y en avait des quantités dans chaque pièce) : *NOUBLI JAMAI KE JE TÈME.*

Disputes et bousculades au moment d'aller dormir, pyjamas en coton devenus trop courts, couvertures qui glissent et qu'on réajuste, laisser la porte entrouverte après leur avoir souhaité de beaux rêves – ainsi que l'avait fait ma mère, et sa mère avant moi : « À demain matin, toi aussi dors bien… » J'avais de nouveau une famille, j'étais enfin à l'abri.

La fille qui voulait être Dieu

Ce gémissement étouffé ne faisait pas partie de mon rêve. J'avais appris à reconnaître les appels stridents qui lui succédaient, étranges pépiements d'oiseaux qui déchiraient le cœur. Comme les nuits précédentes, je retrouvais Suzanne, hésitante sur le seuil de sa chambre. Traînant derrière elle ses draps d'un blanc immaculé, elle ressemblait à un fantôme de dessin animé. Je lui parlais doucement, ainsi qu'on est censé le faire avec une somnambule, et la recouchais. Les enfants partageaient la même chambre. Accoutumé à ces crises nocturnes, le garçon dormait la bouche ouverte, les bras en croix, toutes les trompettes du final de Guillaume Tell n'auraient pu le réveiller. Assise par terre, tout près de Suzanne, j'avais laissé la lumière du couloir allumée, compté des dizaines de moutons d'une voix douce. La fillette semblait prête à se rendormir, mais elle résistait, craignant mon départ. Elle serrait ma main, s'y accrochait fermement, comme à une sonnette d'alarme. Je la rassurais en m'allongeant sur le sol glacé. « Je reste ici, regarde. Je ne bouge pas… » Je m'apprêtais à passer la nuit couchée en boule sur le côté, un bras tendu vers elle, quand la pression de sa main se relâcha. Suzanne dormait profondément, tandis que je me contentais de somnoler. J'aurais pu retourner dans mon lit : j'avais froid, mes épaules me faisaient mal, mais je ne voulais pas qu'elle me reproche ensuite d'avoir manqué de parole.

Les jours passaient et j'avais beau la questionner sur ses cauchemars, Suzanne demeurait silencieuse. Seul le temps pourrait délier sa langue. Il me faudrait d'abord l'accompagner chaque matin à l'école, puis revenir la chercher, lui apporter son goûter, corriger ses devoirs, soigner les coups et les blessures, dissiper les fièvres, la faire rire, lui préparer à dîner, la border en chanson ou lui lire des contes, des centaines et des centaines de contes, avant que de connaître peut-être la vérité.

À quarante ans passés, je n'avais pas d'enfant, et n'en aurais jamais. Martin et moi avions essayé avec une assiduité qu'aucun test de grossesse n'était parvenu à épuiser… Toute notre vie avait tourné autour de ce fol espoir : voir apparaître une petite croix dans la fenêtre de contrôle. Chaque mois, nos pensées se fixaient sur la barre rose du Suretest ou le bâton bleu d'Exacto… Clearblue, Elletest, Alvita, je les achetais tous, dans différentes pharmacies, comme ces accros à la codéine que j'avais fini par repérer : toujours la même bande d'adolescents, les mêmes gamins paumés qui faisaient la queue à tour de rôle pour acheter « du sirop à leur petite sœur » – à Paris, personne ne posait de questions. De mon côté, j'avais beau multiplier les tests, aucun trait ne se formait jamais au bout des trois minutes recommandées. Pas la moindre ligne jumelle. La seconde case restait vide, aussi vide que moi.

« Je ne vous cache pas que cela risque d'être compliqué… » Avec une attention extrême, Martin regardait ses mains, comme s'il les découvrait. « L'analyse de votre spermogramme démontre plusieurs anomalies, la numération trop faible, la vitalité aussi… Quant à vous, madame, ce qui m'inquiète davantage… » Le spécialiste énumérait mes défaillances sans me quitter des yeux, comme si j'étais atteinte d'un lymphome. Ne voyait-il pas que j'étais en train de tomber ? La chute était pourtant vertigineuse. Son funeste diagnostic me frappait en plein cœur, atteignait les zones les plus fragiles, mes replis les plus secrets.

Mon partenaire n'y pouvait rien, de toute évidence mon corps défectueux était l'unique responsable. L'endométriose dont je souffrais prouvait une fois de plus mon insuffisance.

Le médecin assénait les mauvaises nouvelles d'un timbre puissant et solennel – la voix off d'un film américain. Si bien qu'au fil de la consultation, sa docte parole finit par m'évoquer celle de Dieu : *Notre Père qui êtes aux cieux, laissez-moi une chance par pitié. Une toute petite chance, je vous en supplie*… Du bout des lèvres, il consentit enfin à tenter quelque chose, si l'on acceptait de suivre ses recommandations à la lettre. Après l'annonce de ma défaite, voilà qu'il se vantait ! Lui et la nature s'allieraient pour réparer nos faiblesses, expliquait-il à Martin d'un air faussement humble tout en remplissant des liasses d'ordonnances. J'aurais tout donné pour qu'il se taise, qu'il cesse de se donner le beau rôle. Ni Martin ni moi n'avions besoin de lui, qu'il ravale son orgueil pathétique, qu'il range ces faire-part d'un rose ou bleu écœurant, toutes ces photos d'enfants hilares accrochées au mur, et les insupportables cartes de remerciements accumulées sur son bureau. Ou fallait-il que je dégage ces ex-voto moi-même ?! Je me sentais plus humiliée qu'après avoir jeté des dizaines de tests de grossesse à la poubelle. J'avais honte à présent de l'espoir fou que chacun d'eux m'avait occasionné, même s'il me paraissait encore impossible de renoncer. Estimant avoir offert avec largesse son temps précieux, d'un bond il se leva, puis il serra nos mains, longuement. Le regard soudain confiant, il se mit à jouer au coach sportif : « Surtout n'oubliez pas pour les injections, il est essentiel de respecter les horaires, à la demi-heure près ! Et manger du pamplemousse, beaucoup de pamplemousse. Ça peut jouer. Je sais, ça paraît absurde, mais ça fonctionne, j'ai lu des études très sérieuses là-dessus… » Dans mon rôle de candidate rougissante, j'acquiesçai et admirai, une dernière fois, sa chevelure de Playmobil – se levait-il chaque matin avec cette coupe au bol ou passait-il des heures à tout aplatir dans sa salle de bains ? Dissimulé derrière ses Ray-Ban en métal, on aurait pu le prendre pour un tueur en série des années 80 : « *Le sanglant parcours du docteur F.*, ou comment échapper à son meurtrier avant qu'il ne soit trop tard ». Ignorant l'ascenseur, je dévalai les escaliers avec une seule idée en tête : me précipiter chez un caviste pour acheter une bouteille d'alcool fort, trouver un square et me la siffler un peu plus loin. Vodka ? Rhum ? Lequel serait le plus performant ? Oserais-je questionner le marchand de vin ? Martin ne disait rien, il gardait cette expression crispée, grimaçante qu'il avait affichée tout au long du rendez-vous.

À l'angle du boulevard, un SDF déversait sa rage à flot ininterrompu sur les passants, un camion s'acharnait sur son klaxon tandis qu'une classe d'enfants turbulents n'en finissait plus de traverser le passage piéton… Leurs cris ne m'atteignaient pas, j'avançais derrière une vitre épaisse, comme protégée par un lourd équipement de plongée. Martin lui-même semblait me parler de très loin : « … une réunion de dernière minute, je regrette… un truc important, tu veux que j'annule ? » Je le laissai s'éloigner, espérant seulement qu'il se retournerait. Au bout d'une centaine de mètres, il s'arrêta enfin pour m'adresser un sourire triste et confus. Puis, d'un pas pressé, il s'en alla.

J'attendis qu'il devienne un point minuscule. J'aimais le regarder à son insu, il avait l'air différent quand il ne se savait pas observé. Presque un autre homme. Un étranger qui partait vivre sa vie sans moi, emportant avec lui tous ses secrets… Je savais que cet homme-là ne m'appartenait pas, ne m'appartiendrait jamais, et j'aimais qu'il en soit ainsi. Sa soif de liberté ne le rendait que plus précieux à mes yeux. Sa veste kaki rétrécissait peu à peu dans la lumière grise du matin, mon bien-aimé continuait de s'éloigner… Si j'avais été amère, j'aurais dit que c'était ce qu'il faisait le mieux.

Je tentai de l'imiter, de partir moi aussi d'un pas décidé, mais tanguai, les jambes molles, jusqu'à un taxi. J'hésitai un court instant à appeler ma mère, saurait-elle me consoler ? Il y avait tant de chagrins et de douleurs que je lui avais tus. Je fouillai ma veste pour y trouver mon portable, et renonçai. Elle avait eu son lot de drames, inutile de peser davantage. De toute façon, elle ne ferait que m'assommer avec des histoires de médecine chinoise, ou me conseillerait, d'une voix pleine de sous-entendus, ses fameux stages de yoga tantrique.

Le jour commençait à se lever quand je dégageai doucement ma main de celle de Suzanne. Mes doigts enroulés autour des siens collaient à la peau moite. Je déposai avec précaution la petite paume à plat sur le drap, et l'enfant se recroquevilla comme un nouveau-né, encore rouge et chiffonné. Après cette opération délicate, j'eus autant de difficultés à me lever – mon épaule, ma hanche droite étaient ankylosées. Mes jambes devaient appartenir à quelqu'un d'autre, peut-être à la petite sirène : « *Il lui semblait marcher sur des aiguilles pointues, des couteaux aiguisés, mais elle supportait son mal. Car sa main était dans celle du prince…* » Sans faire de bruit, je me réfugiai dans la cuisine pour grignoter et me servir un thé. Adèle venait juste de rentrer, elle dormirait probablement à poings fermés la matinée entière. Je rangeai écharpe et manteau, mais laissai son sac là où elle l'avait abandonné, sur le canapé. Un rayon de soleil naissant pénétrait déjà l'angle de la pièce, et réchauffait mon cou. D'autres se réfractaient contre la vitre, glissaient en cercle sur les tomettes rouges de la cuisine, comme sur une piste de danse. Allongée sur le canapé, j'observais le jardin noyé dans la brume d'une estampe japonaise, les montagnes noires qui émergeaient lentement d'une mer bouillonnante de nuages. Je somnolai quelques minutes, puis me réveillai, impatiente de voir les enfants descendre les escaliers dans leurs pyjamas colorés, d'embrasser leur chevelure emmêlée… Sans réfléchir, je saisis le sac d'Adèle et y plongeai ma main. J'y trouvai en vrac : un permis de conduire en partie déchiré, de vieux bonbons à la menthe que j'hésitai à jeter, un paquet de cigarettes – j'étais certaine de ne l'avoir jamais vue fumer, le faisait-elle en cachette ? –, un portefeuille rempli de tickets de carte bleue, de cartes de fidélité, vierges pour la plupart, et, dans une autre poche, un petit carnet rouge que j'ouvris aussitôt, ignorant la sage voix intérieure qui cherchait à m'en dissuader.

Sur les premières pages, des citations et des pensées se mêlaient aux listes de courses. *Pâtes, vin, fromage.*

De même qu'il est humain d'avoir un secret, il est humain de le révéler, tôt ou tard. Ph. Roth.

Ne pas oublier de remplacer le loquet de la salle de bains...

Prise d'une soudaine impulsion, je courus chercher mon appareil photo. Acheté trois semaines plus tôt, je ne l'avais pas encore étrenné, pas tiré le moindre portrait d'oiseau. Ce n'était pourtant pas les milans noirs, les balbuzards, les bondrées, ou les circaètes qui manquaient. Malgré ses doutes, Emma avait bien choisi sa destination, le village se trouvait pile sur la trajectoire des migrations. « Fidèle à sa réputation, Lepokoa reste la ligne Maginot des chasseurs de palombes », ironisait un site spécialisé. Mais ces objets fatigués m'attiraient davantage. Je les étalai comme les preuves rassemblées par un enquêteur. Les traces d'une vie. Je cadrai à la hâte, puis les rangeai en tremblant, au fond du sac. Avait-elle compris, vu clair en moi ? *Un secret à révéler, tôt ou tard*... Attendait-elle que je lui dise la vérité ? À quoi bon ? Si elle avait relevé l'imposture, inutile de m'expliquer !

Les vœux de Sylvia Plath me revinrent en mémoire. À dix-neuf ans à peine, l'auteure de *La Cloche de détresse* ambitionnait de tout savoir, tout comprendre. Le cœur saturé d'exigence, elle se qualifiait elle-même dans son journal de « fille qui voulait être Dieu ». Si je pouvais juste saisir le sens de ma présence ici...

Ces derniers temps, lassée des disputes avec Martin, des brimades au bureau, je m'absentais mentalement.

Avec une étonnante facilité, je me téléportais ailleurs. À rebours de l'avis général, capituler ne représentait pas à mon sens une si mauvaise option. Je trouvais au contraire une certaine noblesse à quitter le navire en pleine mer, à me saborder en silence. Avec un plaisir honteux, je rêvais de mourir, et d'être là quand même, cachée quelque part, juste pour voir la tête qu'ils feraient ! Ce n'étaient que de brefs instants de découragement. Et voilà qu'un soir de printemps, j'avais franchi la ligne, le monde d'hier était loin à présent. J'avais réussi au-delà de toutes espérances. J'étais seule, aucun lien, aucune attache n'avait résisté. Après cet abandon de poste, mes collègues, mais aussi mes vieux amis : effacés. Le visage de l'homme avec lequel j'avais décidé de me marier : un pâle reflet dans le miroir de ma mémoire. Miroir piqué d'étoiles, constellé de taches de mercure, pareil à celui qui ornait la coiffeuse de ma grand-mère. Les derniers contours auraient bientôt disparu. Ce grand ménage n'était pas douloureux, je me sentais allégée au contraire, étrangement calme, enfin à ma place.

Une question pourtant me troublait, comme un caillou coincé dans ma chaussure. Même si je l'avais désirée, la rapidité de cette reddition restait un mystère déconcertant.

J'avais vu mes parents se détester après s'être tant aimés. Des proches pleurer un être cher, puis se consoler une poignée de mois plus tard. Des enfants devenus adultes partir sans presque laisser d'adresse.

Une amitié prodigieuse engloutie par la distance d'un déménagement…

Ces liens de mauvaise qualité, tissés de fils d'occasion, je les avais jugés trop vite, supposant les miens plus solides.

Il m'arrivait parfois d'imaginer mes amis au bout de ce fil invisible. Inquiets ou piteux, ils écoutaient le téléphone sonner dans le vide. Je voyais aussi Martin plonger son visage flou dans mes vêtements, y chercher mon odeur, puis méditer sur ma photo, jurant que rien n'entamerait sa détermination à me retrouver. Certains soirs, je croyais apercevoir sa silhouette à l'angle de la rue : j'hésitais, était-ce bien lui, cet homme engoncé dans ce vieil anorak, qui me guettait sous la pluie ?

Ces rêves éveillés me rappelaient ceux que je faisais jeune fille, lorsque je pensais connaître un nouveau flirt. Lassée de voir mes prétendants tarder à faire le premier pas, je m'en inventais d'autres ! J'excellais à ce jeu, et prenais plus de plaisir, en fin de compte, à les créer de toutes pièces.

Oui, Martin avait erré de longs mois, traversé de terribles obstacles, marché jusqu'à en avoir les jambes moulues, les reins brisés, et voilà qu'il débarquait enfin, sans doute m'attendait-il déjà sur la place du village ? Le cœur battant, je m'y précipitais dès qu'Adèle était de retour. Je courais dans les rues adjacentes, dévalais les champs en pente douce…

Trop tard. Si je n'avais pas récité toutes ces poésies à Suzanne, et tant joué avec Jean sur l'ordinateur, si j'avais été plus rapide pour débarrasser la table, je l'aurais certainement aperçu, appuyé contre un arbre. Là où il avait coutume de s'abriter désormais. Il reviendrait probablement demain. Je me promettais d'être au rendez-vous.

Mais il n'y avait personne sur la place. Aucune silhouette dehors, personne pour observer mon ombre derrière les rideaux.

Aimer de loin

Nous avions trop bu. Pour fêter mon premier mois à leurs côtés, Adèle avait ouvert une bouteille de champagne. Puis nous avions continué avec ce qui restait au fond du placard, marsala et kirsch à gâteaux. Mon hôte avait passé la soirée à me parler d'elle, évitant de me poser la moindre question. La discrétion était de mise dans la région (au point d'avoir servi un temps de cache d'armes aux séparatistes). Était-elle simplement heureuse de trouver en moi une oreille attentive, ou se doutait-elle de quelque chose comme la lecture de son carnet me l'avait laissé entendre ? Après de jolis souvenirs, souvent drôles, sur les enfants, elle avait poursuivi avec des anecdotes de l'hôpital : ses débuts aux urgences, son passage aux soins palliatifs avec la gentille Colonelle (surveillante en chef des infirmières) et la terrible Générale (surveillante en chef des surveillantes), les professeurs qu'elle aimait, ceux qu'il fallait éviter, l'un avait la main baladeuse, l'autre tremblait quand il opérait – ça picolait pas mal dans les services de nuit –, les histoires de cul entre internes, comment elle avait appris à tousser avant d'entrer dans le local de nettoyage pour être sûre de ne surprendre personne.

À la faveur d'une nouvelle tournée, d'une voix rauque, un peu cassée, elle me parla d'une patiente qui l'avait suppliée de l'aider à mourir. Durant des semaines, Adèle avait évité sa chambre, mais face à tant de douleur et d'obstination, elle s'était résolue un soir à « charger » sa perfusion. La pauvre femme était si maigre que son corps d'oiseau disparaissait sous les draps, il n'aurait pu être qu'un pli, l'ombre trompeuse du tissu froissé. Son visage n'en paraissait que plus large, une tête énorme et gonflée, comme gorgée d'eau. Jamais, assura Adèle, elle n'oublierait ce regard brillant de reconnaissance, qui s'éteint peu à peu, vacille une dernière fois, avant de fondre aussi lentement et sûrement que la cire d'une bougie. Incapable de rentrer chez elle ce jour-là, elle avait dû se trouver une chambre d'hôtel. Un sas de vingt-quatre heures avant d'y retourner, d'être en mesure de faire bonne figure devant ses collègues, son mari, les enfants… Une longue année s'était écoulée, elle n'avait plus peur désormais d'entrer dans la 206, même si, à chaque nouvel arrivant, le sentiment de la retrouver subsistait. Fantôme tenace. À travers leurs regards, la petite dame la fixait toujours de ses yeux laiteux. Deux fenêtres minuscules, recouvertes de givre, qui lui serraient le cœur. La famille s'était plainte, pourquoi personne ne les avait prévenus, sa disparition avait surpris tout le monde, ils auraient au moins voulu lui dire au revoir…

Dès le lendemain, on les avait convoquées, elle et sa cheffe de service, dans le bureau du directeur. Adèle jura avoir été retenue, un cas difficile à l'autre bout du couloir. « Si les alarmes des patients fonctionnaient, rien de tout cela ne serait arrivé », s'était-elle plainte au responsable embarrassé, et l'histoire s'était arrêtée là.

Adèle se tut soudain. Sans me regarder, elle se resservit un verre qu'elle but d'une traite. Je croyais sentir la brûlure de l'alcool à sa place. Mon cœur se mit à palpiter, je l'entendais battre à mes oreilles, de plus en plus vite. Malgré la promesse réitérée de m'en tenir à l'eau pour le reste de la soirée, je continuais de vider les fonds de bouteille pour l'accompagner. Au lieu de réchauffer ma poitrine, le liquide remontait à contre-courant, accélérant encore la course folle du sang dans mes artères. Adèle me quitta pour chercher dans la cuisine un reste de Grand Marnier, j'en profitai pour masser mes tempes et rouler doucement mon verre sur mon front brûlant, mais rien n'arrêtait les pulsations agressives à l'intérieur de mon crâne. *Dire que demain matin, il faudra se lever.* Des décennies que je n'avais pas pris une cuite pareille. Me revinrent à l'esprit les fêtes de fin d'année à l'école de commerce, et les conseils de mes camarades de chambrée : « Ne pas dormir, avaler plusieurs cafés d'affilée. Manger surtout, manger pour éponger ! » *Lorsqu'Adèle sera couchée, je me cuisinerai quelque chose, je viderai le frigidaire, s'il le faut. Et, à huit heures pétantes, quoi qu'il arrive, j'emmènerai les enfants à l'école…*

Tandis que je me donnais l'illusion de maîtriser la situation, Adèle, avec une précaution extrême, nous versait ses dernières provisions. Alors qu'elle jugeait de l'équité de l'opération, plissant des yeux comme si on était en train de la braquer avec une lampe torche, des gouttes de liqueur giclèrent sur son joli pyjama en soie, hérité de sa mère, ce qui déclencha aussitôt notre hilarité. À force de se tordre, de basculer la tête en arrière, le précieux liquide se répandit entièrement sur la table basse. Je plongeai mes doigts dans les flaques, et me mis à les lécher en faisant la grimace. Son ultime trouvaille – une liqueur artisanale dans laquelle flottaient des brins de génépi – ressemblait dangereusement au fameux vitriol des *Tontons flingueurs* : « *J'ai connu une Polonaise qui en prenait au petit-déjeuner. On le fait plus, il y a des clients qui devenaient aveugles...*

— Je lui trouve un goût de pomme.

— Y en a ! »

Suzanne et Jean dormaient depuis trois heures au moins, lorsque je me décidai à aborder la question des cauchemars. La tête me tournait mais j'essayais de me ressaisir, une telle occasion ne se représenterait pas de sitôt. Chaque fois que j'évoquais les terreurs nocturnes de sa fille, Adèle minimisait, ou éludait carrément. Je devais à tout prix mettre à profit cette fantastique complicité. Recroquevillée au pied de son fauteuil, elle continuait de rire, alors que je nageais en pleine confusion. Je résistai à l'envie d'ouvrir les fenêtres et d'y jeter mon visage en feu. Comment descendre de ce manège emballé ? *Tiens-toi tranquille, visualise chaque partie de ton corps, ne bouge pas, pas d'un pouce, pas le moindre micro-mouvement.* Raide comme la justice, je l'interrogeai donc. Qu'est-ce qui inquiétait tant Suzanne pour qu'elle s'éveille ainsi toutes les nuits ? « Leur père revient la semaine prochaine. Ils seront beaucoup plus calmes ensuite. Les enfants sont très… attachés à lui », affirma Adèle comme si ces maigres explications suffisaient. J'insistai, cela ne pouvait justifier de telles crises, comment la délivrer de sa panique ? « Sébastien est tendre, admirable, il nous aime de loin. Exactement comme je le souhaitais ! » continua-t-elle en évitant une nouvelle fois de répondre, avant d'aspirer bruyamment l'alcool au fond de son verre. Je la regardais, abasourdie, ne trouvant rien à répliquer. J'aurais voulu lui dire que lorsqu'on aime, les séparations semblent toujours trop longues. Aimer « de loin » ?! Ne ressentait-elle aucun manque ? Alors que je croyais entendre les cris désespérés de Suzanne dans le couloir, Adèle fixait le mur. Sa main droite tapotait nerveusement sa cuisse pour se donner du courage. J'osais à peine bouger, pressentant qu'un geste, une parole inutile, risquerait de briser notre fragile intimité. Un drôle de silence régnait dans la pièce – comme si un concertiste venait de plaquer des accords au piano, cascade de notes graves, tragiques, dignes d'un finale de Beethoven – et je me retins de la prendre dans mes bras. Adèle était belle, bien qu'épuisée par son travail de nuit. À seulement trente-sept ans – ainsi que le certifiait le permis de conduire au fond de son sac –, elle perdait ses cheveux par poignées. Quand je faisais le ménage, je les retrouvais enroulés comme des algues sur les bords de la baignoire et dans le lavabo de la salle de bains. Trois rides précoces barraient son front, donnant à son visage un air perpétuellement inquiet. Cette même expression d'empathie douloureuse avec laquelle elle m'observait depuis le début de la conversation. Elle s'essuya encore une fois la main sur son pyjama et d'une voix hésitante, s'engagea, l'air résolu, sur un autre chemin : « Quand j'avais l'âge de Suzanne, j'étais toujours la première levée. Bien avant mes parents… C'était à moi de les sortir du lit. Je ne sais comment ce rôle m'avait été assigné, mais je tâchais de donner satisfaction, j'alignais les bols sur la table, je disposais joliment jus de fruits et paquets de céréales… Parfois, je leur apportais des tartines beurrées sur un plateau, j'ajoutais des napperons en papier et des poèmes illustrés de ma composition : *Tu es le vrai Soleil ! Le seul dont j'ai besoin. Sais-tu où tu es ? Tu es à l'abri, dans mon cœur : personne d'autre que toi ne peut y entrer*… et divers encouragements pour la journée. Un matin, tandis que je me pliais à ce tendre rituel, ma mère débarqua dans la cuisine avec un visage que je n'oublierai jamais… Elle m'assura s'être cognée à la table du salon. Je baissai la tête, terrorisée, impossible de masquer le dégoût que sa figure boursouflée m'inspirait. Lorsqu'elle s'approcha, je refusai son baiser. Comme si de rien n'était, elle se détourna pour faire la vaisselle. Mais ses mains… ses mains n'arrêtaient pas de trembler, et mon verre de lait explosa sur le sol. Je me jetai à ses pieds pour l'aider à le ramasser. À voir sa bouche si proche de la mienne, enflée comme une pastèque, l'entaille de sang séché qui déchirait son sourcil, j'eus un haut-le-cœur et dus me retenir de vomir… Retardant mon départ pour l'école, elle s'agenouilla de nouveau pour me coiffer, je tentai d'esquiver encore une fois, mais elle insista, me tira les cheveux : « Non, laisse-moi, tu me fais mal ! » lui criais-je. « Pardon, pardon ! » répétait ma mère, m'enserrant de ses bras maigres. Elle me plaquait contre son ventre, s'accrochait à moi, m'aspirait dans sa chute… je l'ai repoussée. De toutes mes forces. Je ne voulais pas qu'elle me touche ! Je lui en voulais tellement, si c'était son vrai visage, pourquoi avoir attendu si longtemps avant de le montrer ? C'était répugnant. Ma mère, si belle, ressemblait à présent à une sorcière !

Les jours qui suivirent, chaque fois qu'elle entrait dans ma chambre, s'asseyait sur mon lit pour me dire bonsoir, je fermais les yeux pour ne pas voir les lèvres épaisses, amochées, le bleu sur la joue, les fils noirs au milieu des sourcils. Pourquoi m'avoir menti, s'être déguisée tout ce temps ? J'en étais persuadée, ma mère, lasse de son apparence trompeuse, avait décidé de nous révéler sa véritable identité. Comment croire en effet que ma douce chérie, mon grand amour, l'objet de toute mon admiration puisse se gâter de cette manière ? Je préférais penser qu'il s'agissait d'un choix. Désormais elle ne se cacherait plus et nous montrerait le fidèle reflet de son âme. » Adèle s'interrompit, pour reconnaître d'une voix à peine audible : « Sa joue devenue bleue, sa dent cassée. Je n'avais rien compris ! Rien compris. Je savais qu'ils s'engueulaient, le soir, je l'écoutais parfois pleurer derrière la cloison, avant de m'endormir... jamais je n'aurais imaginé qu'ils en étaient arrivés là. »

L'orage avait menacé d'éclater toute la soirée, mais le vent au bout du compte l'avait emporté. On l'entendait jouir de son triomphe dans la cheminée. Adèle se dirigea en vacillant vers la table de la salle à manger et se mit à ranger. Je la regardais faire, me demandant si j'arriverais à me lever. À ma grande surprise, je réussis à me redresser, puis à tenir debout, et, avec les gestes excessivement lents et mesurés des piliers de comptoir, je la rejoignis pour nettoyer la table. « J'ai besoin d'une cigarette », me souffla-t-elle quand nous eûmes terminé. À petits pas, comme une très vieille femme, elle s'éloigna pour fumer dans le jardin. J'observai son dos voûté se déplacer au ralenti jusqu'au portique de la balançoire. J'avais envie de la rejoindre, mais n'osais pas. J'avais honte de lui avoir menti, et plus encore de continuer à me taire. Elle s'était confiée, tandis que je gardais tous mes secrets. Une lune énorme éclairait la maison d'une lumière trop blanche, presque bleue, des chauves-souris traversaient l'écran, de gauche à droite. Derrière la vitre, on aurait dit le générique d'un film gothique. Malgré le vent qui tournait à toute vitesse dans la vallée, les branches étoilées de bourgeons restaient figées. Prise dans cette inquiétante immobilité, la nature avait l'air d'un décor que des techniciens chargeraient dans leur camion au petit matin. Seuls les cheveux d'Adèle volaient dans tous les sens, la gênant à chaque bouffée. Se sentant observée, elle se retourna et m'adressa un geste de la main. Je m'apprêtais à lui rendre la pareille, mais, la tête rejetée en arrière, elle contemplait les restes d'orage tapis au pied des montagnes. Je saisis mon boîtier abandonné sur la desserte pour fixer sa silhouette luttant contre les facéties du vent. Puis, incapable de veiller davantage, je montai me coucher, mon Leica d'occasion autour du cou. Il n'y avait qu'un étage, l'ascension me parut pourtant interminable.

Aimer de loin. J'avais toujours considéré Martin comme un ami, un amant, un frère, et je l'avais abandonné. *Emma, je m'appelle Emma.* Emma ne devait rien à personne. Je m'allongeai apaisée, je pouvais presque entendre les enfants respirer derrière la cloison. Assommée par l'alcool, j'étais certaine de m'endormir sans tarder, d'un sommeil de plomb. Mes yeux me brûlaient, pesaient dans leur orbite comme des pierres, et sous mes paupières closes, en grand écran panoramique, on projetait l'image d'Adèle dans le jardin qui me faisait signe. « Ça va aller maintenant », affirmait une voix qui devait être la mienne. J'avais parlé tout haut, sans m'en rendre compte. Cette douce allégation s'adressait-elle à mon hôte, à Emma, ou à la vie en général ? *Peu importe. Demain est un autre jour. Et il nous appartient. Oui, ça ira mieux demain !* Allongée sur le côté en position de survie, je laissai les formules habituelles me remplir d'espoir jusqu'à ce que le sommeil me prenne.

La mer dans son jardin

Je me souvenais rarement de mes rêves. Excepté ceux qui avaient tourné au délire dans le taxi de Seymour, je n'en gardais aucune trace au réveil. Un puits noir. Une impression persistait parfois, un nom ou un visage qui refusait de disparaître, un lieu qui s'installait en toile de fond, rehaussant mes journées trop fades de l'empreinte de leurs parfums. Mais ce matin-là, je pouvais reconstituer toute l'histoire comme si je l'avais vécue la veille. Je me souvenais de chaque détail. Jamais je n'avais su saisir la texture d'un rêve avec autant de clarté : j'étais prisonnière d'un labyrinthe de verre. Je déambulais longuement dans ce Palais de glace, avant de réaliser que je ne faisais que longer les baies vitrées du bureau. Tout l'étage avait été convoqué. Enfants sages, irréprochables, mes collègues patientaient autour de l'immense table de réunion, à quel jeu de patience étions-nous donc conviés ? *Si c'est pour un Roi du silence,* m'enthousiasmai-je, *je suis sûre de gagner.* Je résistais à une irrépressible envie de rire quand tous les visages se tournèrent vers moi.

Enfin, mon supérieur hiérarchique prit la parole, et, à l'énoncé du verdict, je compris que mon incompétence était l'unique objet de cette réunion : à l'unanimité, « les pontes » m'accusaient d'avoir négligé de gros clients. Pour me racheter, je devais compulser des milliers de tableaux Excel censés calculer l'amortissement d'un crédit contracté à mes débuts au sein de l'entreprise. Nul besoin de m'acharner derrière mon ordinateur, ma vie entière n'y suffirait pas, jamais je ne serais en mesure de rembourser. Comme j'avais eu raison de fuir, de changer d'identité ! Je quittai donc l'open space glacé pour me téléporter dans la maison d'Adèle. *Dire qu'il m'avait suffi pour cela de battre des paupières*, m'extasiai-je, alors que mon rêve continuait sa course folle, abusant des ellipses douteuses. Dans la montagne, je n'avais plus rien d'une étrangère, chaque habitant de la vallée m'était familier désormais. Impossible cependant de me défaire d'un curieux sentiment. J'avais du mal à l'admettre, tant la chose paraissait peu vraisemblable, mais la mer s'était rapprochée, et continuait d'avancer ! L'océan, cette bande bleu sombre ou grise qu'on apercevait à la sortie du village et que l'on confondait si souvent avec le ciel, n'en finissait plus de gagner du terrain. On aurait dit qu'avec efforts, il cheminait jusqu'à nous. Bientôt, à la manière des marais salants, l'eau recouvrit les champs en contrebas, apportant sa fraîcheur à toute la vallée. Un matin, on l'entendit clapoter au pied de la maison. Sa surface, à l'instar d'un lac immense, miroitait si fort à midi qu'il nous aveuglait sitôt qu'on s'approchait des fenêtres. Mosaïque de bleus, verts acides, gris ou violets au coucher du soleil, les enfants ne se lassaient pas de contempler ses reflets changeants, aussi irisés qu'une nappe de pétrole. La mer dans son jardin. Qui pouvait se targuer d'un tel privilège ?

La journée, elle avait le plissé délicat d'un tissu japonais. Mais à la tombée du soir, l'eau enflait et grossissait, prête à déborder, puis s'apaisait d'un coup, regagnant son lit. Monstre colossal, soudain apprivoisé. Elle nous avait choisis, nous et personne d'autre ! J'aimais entendre son souffle de coquillage, la voir revenir inlassablement lécher l'herbe de notre jardin. Je m'inquiétais pourtant de l'hiver qui s'annonçait. Notre maison saurait-elle résister aux bourrasques, aux tempêtes ?

De gros nuages noirs tournaient autour de la vallée. Les grandes marées de septembre chargées de vagues écumeuses approchaient et menaçaient de nous engloutir avec le reste. Comment protéger les enfants ? La petite ne savait pas nager. À aucun prix, je ne devais lâcher sa main. QUOI QU'IL ARRIVE, NE PAS LÂCHER SA MAIN !

En plein naufrage, je fus réveillée par ses pleurs. « Suzanne, Suzanne… » chantait Adèle derrière la cloison. J'attendis patiemment que chacun se rendorme, croyant toujours entendre la marée cogner contre les murs de la maison.

Mais déjà le jour se levait, je ne disposais que d'une heure de sommeil à peine avant le petit-déjeuner.

Plutôt que de fermer les yeux, je préférai observer les lames de lumière qui dessinaient des parallèles sur mes draps défaits, décor parfait pour une bluette érotico-sentimentale. Ne manquait au tableau que la présence d'un Apollon à la peau sombre. Malgré ma solitude, j'étais parfaitement heureuse. Sur ma couverture, je me lovais, puis m'étirais, repue de soleil.

En ouvrant les volets, je ne pus retenir ma déception. Le miracle n'avait pas eu lieu. À quoi d'autre aurais-je dû m'attendre ?

Je me secouai, réveillai les enfants, les aidai à s'habiller, à beurrer leurs tartines et remplir leurs cartables. Je consacrai le reste de mon temps au ménage. Une journée banale, si on oubliait mes allers-retours pour vérifier l'état du paysage… J'avais beau me précipiter dehors à tout bout de champ et guetter la vague, l'eau argentée ne brillait plus dans notre jardin. Combien de matins me faudrait-il encore pour l'accepter ?

La force de l'habitude

> « In love, I'm not sure of… I'm not sure of… I'm not sure of me. And I'm not sure of… not sure of you. I'm not sure of love. Sure of love.
>
> — Love is dead. Love is a fantasy little girls have.
>
> — Love is a stream, it's continuous. It doesn't stop ! »
>
> *Love Streams*, John CASSAVETES

Il débarqua un dimanche matin, très tôt, la valise pleine de cadeaux. Les enfants avaient mis leur réveil à sonner et l'attendaient dans l'entrée, prêts à le fêter. Leur père dut se pencher pour me saluer. Je n'étais pas très grande, et cet homme qui gardait trop longtemps ma main dans la sienne devait approcher du mètre quatre-vingt-dix. Les compliments autant que les effusions me mettaient mal à l'aise. Paraissant ne pas remarquer mes discrètes tentatives pour libérer ma main humide, Sébastien insistait avec enthousiasme : « Quelle chance d'avoir trouvé quelqu'un... Quelqu'un comme vous, d'aussi disponible pour soutenir Adèle. Les horaires à l'hôpital ne sont pas tenables... »

Suzanne et Jean en avaient profité pour fouiller dans ses bagages, et déballaient déjà leurs paquets. « J'ai pensé à vous aussi », déclara Sébastien en déposant près de moi une boîte de sifflets imitant le chant des oiseaux. « Ça les attire ! Ça attire même les vautours. Avec ça, vous arriverez sûrement à photographier les faucons pèlerins de plus près. Et peut-être séduirez-vous un grand-duc ! » Je le remerciai, prenant soin d'éviter son regard. Sa gentillesse me rappelait mes mensonges. *Je veux rester cette Emma, parmi eux*, m'inquiétai-je. Plus il manifestait d'attentions à mon égard, plus je me sentais coupable. L'homme qui me couvrait de louanges, accepterait-il que je refuse de signer un contrat ? Réclamerait-il de jeter un œil à la petite dizaine de photos que j'avais fait développer en ville, mes jours de congé ? Plus perspicace que le reste de la famille, finirait-il par me démasquer ? Je me rassurais en me répétant qu'ils avaient tous besoin de moi. Depuis la cuisine, je les regardais se raconter leurs exploits, se moquer affectueusement des uns et des autres. J'observais avec envie la chaleur vibrante qui circulait entre eux, aussi claire et puissante qu'un torrent, elle paraissait inépuisable. Je l'avais connue, bien sûr, par instants. Mais jamais comme ici, en flux continu. J'avais à peine quelques années lorsque mon père avait quitté ma mère pour une femme plus jeune. Au début, ils nous recevaient un week-end sur deux, et bientôt ce ne fut qu'une fois par mois. Au bout d'un an, ma sœur aînée et moi n'étions invitées que pour la moitié des grandes vacances. Et enfin plus du tout. Parfois je composais son numéro, inutile de masquer le mien, il ne le connaissait pas. Si l'on fouillait son répertoire, on ne trouverait pas davantage mon adresse mail accolée à mon portrait. Pas la moindre chance de faire partie de ses contacts favoris. Le plus souvent, je n'attendais même pas d'entendre le son de sa voix, je raccrochais avant.

Je ne possédais aucun album de famille, pas une seule photo, le visage de mon père ne vieillirait jamais. Nul doute que cette apparence immarcescible lui plairait. Figé dans son éternelle jeunesse, la peau lisse de ses trente ans ignorerait les flétrissures.

Parfois, au fil du temps, je croyais le voir. Un après-midi, c'était dans un square, il consolait une enfant aux genoux écorchés. Mains sales, nez dégoulinant et yeux remplis de larmes. La fillette au visage pâle me ressemblait. Je pouvais presque sentir le bras de mon père autour de ma taille, la caresse de sa main sur ma tête, la paume lourde, immense qui pesait sur mon crâne…

Dans le métro, assis sur un strapontin, un homme de son âge affublé de la même barbe ; au feu rouge, cette vieille Renault qui aurait pu être la sienne ; malgré moi, je guettais ces apparitions, persuadée que sa tendresse s'exprimait à travers elles. Dans la cour de l'immeuble, un chien de la même race que le sien ; à la radio une chanson qu'il aimait… Je jouais à me faire croire que rien n'avait changé, les belles années étaient revenues, les autres avaient disparu – peut-être n'avaient-elles jamais existé ? Voilà qu'il me portait de nouveau sur ses épaules, qu'il dessinait avec moi sur la table de la cuisine, je l'aidais, un jour de fête, à décorer la maison, la musique tournait à fond sur la platine du salon… Je remettais le disque encore et encore, grattais la plaie jusqu'au sang. C'était du masochisme. Quel plaisir y avait-il à s'engluer l'âme de cette façon ? Quel charme possédaient donc ces images d'Épinal ? La plupart, j'en étais certaine, n'étaient que souvenirs inventés censés prouver l'existence d'un lien effilé depuis longtemps. Je jurais de ne plus me laisser aller à ces fadaises, jusqu'à la prochaine fois…

Sébastien était ingénieur du son. Dans quelques jours, il repartirait pour une vingtaine de dates dans le nord de la France, et la tournée finirait en Belgique. Ces derniers mois, il accompagnait deux ou trois chanteurs, peu connus, qui, à l'entendre, ne tarderaient pas à le devenir. On l'appelait aussi pour des créations de pièce de théâtre. Mais ce qu'il préférait, c'était assister aux balances, attendre que la salle se remplisse, l'entendre s'impatienter, la voir bouger comme une marée, remuer lentement au gré du courant. Avec ses cheveux bouclés, foisonnants, on aurait pu le prendre pour un musicien. Dès le matin, il cachait ses yeux clairs derrière d'épaisses lunettes de soleil. Vêtu d'une éternelle veste en jean sur des sweats foncés, il avait l'air d'un adolescent vieilli prématurément. Son corps de géant l'embarrassait, son dos s'inclinait en permanence. Il accentuait encore ce mouvement en franchissant les portes, et baissait la tête avec la même componction chaque fois qu'il s'adressait à l'un d'entre nous, ou qu'il fumait une cigarette. Entre ses doigts, la Camel ultra light n'était pas si légère : c'était à son visage fatigué d'aller à sa rencontre.

Tandis qu'il aidait Adèle à préparer le petit-déjeuner, la faisait rire, heureux de la tenir à nouveau dans ses bras, que les enfants se disputaient son attention, je m'éclipsai, pour les laisser seuls à leurs joyeuses retrouvailles.

J'avais pris l'habitude de m'isoler au café du village. Si mes photos d'oiseaux en étaient au point mort, imitant Adèle avec son carnet de notes, j'avais commencé une sorte de journal. Noircir des pages me donnait l'impression exaltante de renouer avec mes rêves de jeunesse, j'étais enfin devenue ce grand reporter dont j'avais vanté les qualités à la conseillère d'orientation du lycée. Attablée à la Providence, je ne faisais pourtant que recopier des phrases entendues à la boulangerie ou à la sortie de l'école. Une façon comme une autre de m'approcher de ces gens qui ne m'adressaient jamais la parole, se contentant de m'observer sitôt que je m'éloignais. Je les laissais s'interroger, j'aimais entrer au café, et m'asseoir près d'eux en silence.

Le lundi, j'avais pris l'habitude de rester plus tard, songeant combien Adèle devait aimer être seule avec les enfants pour son jour de repos. Je savais que si je voulais continuer à vivre en leur compagnie, je devais soulager mes hôtes de ma présence, dès que j'en avais l'occasion. Pas seulement me retrancher dans ma chambre, mais m'absenter du foyer pour de bon. La Providence devint ma seconde maison. Je m'installais à côté de la fenêtre – lorsqu'elle était libre, la table du fond m'offrait une vue dégagée sur toute la salle. Depuis ma cachette, je pouvais en toute discrétion observer les allées et venues des habitués. Ils étaient deux à régenter les lieux, Henri et Eugénie. Gestes prévenants, regards doux, brefs échanges de qui se comprend à demi-mot, ce couple si uni attisa bientôt ma jalousie. Je fus surprise d'apprendre un soir que cette prodigieuse affection n'était pas la manifestation de la tendresse conjugale que je m'étais plu à imaginer, mais celle d'un frère pour son aînée. Malgré ses cheveux argentés, je ne supposais à l'homme qu'une quarantaine d'années, même si ses épaules voûtées à la fin du service lui donnaient l'aspect fragile d'un vieillard. Ma difficulté à lui attribuer un âge provenait surtout de ce drôle de sourire qui s'attardait sur son visage, son air de petit garçon sur un corps flétri. Je l'avais cru timide, mais à force d'y passer chaque instant de liberté, j'échafaudai une autre hypothèse. Cette mine réjouie n'était pas qu'une façade : s'il avait su ravaler son amour illicite, l'homme se félicitait d'avoir gardé près de lui l'objet de son adoration. Sa sœur courait d'une table à l'autre, attentive à chacun comme à des invités prestigieux ; voisins, routiers, vacanciers, fidèles ou occasionnels, peu importait, ces gens avaient décidé de s'arrêter chez eux, il ne fallait à aucun prix les décevoir. Elle offrait le café à la fin du repas, comptait rarement les desserts, insistait pour servir à tous une seconde part…

Prisonnière dans son palais, Eugénie ne sortait pour ainsi dire jamais. Je ne la croisais ni à la boulangerie, ni sur la place du village. On n'avait aucune chance de la retrouver le dimanche à lire ou à rêvasser sur un banc à l'ombre d'un platane, à la différence de ses voisines, elle n'admirait pas les enfants qui jouaient autour de la petite fontaine. Elle se contentait de régner dans son café, un torchon blanc à la main qu'elle agitait en virevoltant de table en table. Entre deux commandes, elle partait se réfugier derrière le bar, essuyait les verres, préparait les boissons, remplissait les corbeilles de pain, puis retournait dans sa cuisine, légère comme une abeille, bien qu'épuisée – la Providence ouvrait dès sept heures et ne fermait qu'au départ des derniers clients. Jamais personne n'était poussé vers la sortie, on attendait que les retardataires décident de s'en aller pour tout éteindre. Henri terminait de ranger pendant qu'Eugénie dressait les couverts du lendemain. Je les imaginais usant leurs dernières forces dans ce pas de deux perfectionné au fil des ans, avant de monter voir leur père. Confortablement installé en haut de l'escalier, le vieil homme veillait pour apercevoir ses enfants. Bercé par leurs voix familières, il parvenait enfin à s'endormir. Eugénie le disait si maigre que son fils le portait jusqu'à son lit sans la moindre peine. Si j'en croyais Adèle, personne ne l'avait vu depuis des années. Fantasme du parent invisible bien qu'omniprésent, chaque client devait s'en faire une image bien différente. Il m'évoquait, quant à moi, le fantomatique père d'Hamlet, ou la mère empaillée de Norman Bates... Je rêvais de le capturer, de le photographier pour l'éternité, tandis qu'Henri disposerait ses bras et ses jambes en étoile, allongerait son corps de marionnette avec d'infinies précautions.

Une fois accompli ce long cérémonial, il ne leur restait qu'une poignée d'heures avant la réouverture. Partageaient-ils la même chambre ? L'idée qu'ils s'étendent dans des lits jumeaux, comme au temps de leur enfance, m'amusait, et n'était peut-être pas si éloignée de la réalité.

Invariable partition d'une vie dévolue à la Providence et à ses clients, ce quotidien harassant avait fini par prendre toute la place. Appuyés l'un contre l'autre, la force de l'habitude les maintenait éveillés, et ouverts toute l'année. Alors que je m'en étonnais un soir, suggérant à Eugénie qu'un jour de repos par semaine ne gênerait personne, elle me répondit ulcérée : « Et où iront les voyageurs qui se sont égarés ? Il faut bien être là pour ceux qui restent. Qui s'en chargera sinon ? »

Henri faisait la cuisine, elle ne s'occupait que des desserts – gâteaux basques, tartes Tatin, crèmes brûlées... En entrant, j'étais saisie par l'odeur de galette au beurre qui emplissait la pièce. J'y retrouvais le parfum des mercredis après l'école, quand nous préparions des marbrés ou des quatre-quarts à la maison. Accroupie avec ma sœur devant la porte du four, je priais pour que la magie opère, que la pâte monte et gonfle jusqu'à déborder. Sans attendre qu'elles refroidissent, notre mère nous servait d'énormes parts plus larges que nos petites assiettes. Je n'avais pas goûté notre nouvelle création que j'anticipais déjà le plaisir que nous aurions, la semaine suivante, à recommencer.

Quand tu es partie, je me suis retrouvée seule à m'ennuyer devant la porte du four. Alors j'ai cessé de faire nos desserts. De toute façon, ils n'avaient plus le même goût. Comme le reste, les jours, l'eau, tout avait un goût de sang ou de fer.

D'une teinte jaunâtre indéfinissable, les murs de la Providence m'évoquaient une vieille carte postale en sépia. Comme ses propriétaires, l'endroit n'avait jamais changé, et j'étais prête à parier qu'il en serait ainsi jusqu'à sa fermeture. Mais avant qu'un projet immobilier, ou le passage d'une voie ferrée, ne réduise le café en poussière, les tableaux de paysage répartis autour de la salle, les rideaux rouges devenus ocre, les suspensions au-dessus des tables resteraient à la même place et égayeraient les lieux durant de longues décennies.

Quand j'arrivais, je trouvais toujours trois ou quatre clients juchés sur des tabourets de bar, semblait-il, depuis des heures. Pas vraiment des poivrots, mais des hommes qui se sentaient plus chez eux, ici, que dans leur propre cuisine. La télévision perchée à l'angle de la pièce paraissait plus attrayante que celle de leur chambre ou du salon. J'aimais les observer depuis la rue avant d'entrer à mon tour, je leur inventais des dialogues, un problème d'argent, une dispute conjugale, un flirt abandonné trop vite… Colères et désirs ravalés, mémoire lourde et impérieuse envie d'alcool se lisaient dans leurs yeux fatigués. Ils ne se ressemblaient pas, mais on ne pouvait évoquer l'un d'eux sans penser aussitôt au reste de la bande. Peyo – le premier à attirer mon attention avec sa manière de rire à l'envers – approchait de la soixantaine, et de sa chemise trop serrée débordait toujours un large triangle de peau. À ses côtés, un petit blond aux joues creuses que tout le monde appelait Fib, et un brun au crâne dégarni, répondant au prénom de Xabi, qui ne s'habillait qu'en velours côtelé. Le quatrième finissait toujours la soirée pendu au téléphone. Dans la vieille cabine réhabilitée de la Providence l'ancien surfeur paraissait immense. Je l'imaginais se glisser à l'intérieur de ces grands tubes blancs qui faisaient la réputation de la région. Savait-il utiliser la puissance de la vague, sans perdre sa notion de vitesse, comme dans ces reportages que je regardais en boucle, où la moindre erreur de calibrage est fatale ? Bruit du mur d'eau qui s'écrase, impact de la vague lisse qui casse et se brise en pluie d'étoiles… Franck boitait, je le soupçonnais d'avoir été, dans sa jeunesse, prisonnier d'une Parlementia ou d'une Belharra

– pourquoi donne-t-on toujours des prénoms féminins à ce qui nous fait peur ? Tempête Bertha, ouragan Sally, cyclones Joséphine, Dolly, Wendy, Suzy… quels scientifiques décident donc d'attribuer à chaque cataclysme un surnom de nounou anglaise ?

En ce dimanche matin, il était bien trop tôt pour les voir attablés devant une bière ou même une belote. Pas de voisine venue discuter des enfants ou des préparatifs des fêtes de Pâques, le café était paisible, encore endormi. Tandis qu'Eugénie se précipitait pour me servir un copieux petit-déjeuner, je m'étonnai de la rapidité avec laquelle je m'étais créé de nouvelles habitudes. En moins de deux mois, mes désirs s'étaient modifiés. J'avais toujours su m'adapter aux circonstances, j'avais été calibrée pour ça, mon métier auprès d'une clientèle rendue plus tatillonne par la crise financière l'exigeait. Mais les changements concernaient cette fois chaque aspect de ma personnalité… Était-ce l'influence de mon nouvel environnement ou l'emprise d'Emma sur moi ? Je ne me coiffais plus, mes cheveux libres et emmêlés m'arrivaient presque aux épaules – sur mon front, les mèches blanchies se mélangeaient harmonieusement aux autres. Je ne cherchais plus à les cacher, de même que mes rides – ma trousse de maquillage prenait la poussière au fond du placard de la salle de bains, à croire qu'elles ne me faisaient plus peur. Je photographiais chaque semaine mon image démultipliée dans les deux miroirs au-dessus du lavabo. Mon reflet dans la vitrine de la boulangerie, mon ombre dans le soleil de la Providence. Mais la métamorphose ne se cantonnait pas aux apparences. Qu'il vente ou qu'il pleuve, je dormais désormais la fenêtre ouverte, moi qui, comme les plantes, craignais d'ordinaire le moindre courant d'air. Au lieu de me contenter d'un simple thé, j'étalais la confiture en couche épaisse sur d'énormes tartines. Après avoir déposé les enfants à l'école, il m'arrivait de passer des heures au pied d'un arbre. Je suivais des yeux les busards de la vallée, et savourais le silence autour de moi comme celui qui régnait désormais dans ma tête ; théâtre d'interminables joutes verbales, dans ma vie antérieure, j'avais même fini par baptiser ces voix dissonantes : le Gendarme, à l'esprit critique acéré, n'essayait plus de contrôler mes faits et gestes – jamais je n'aurais cru qu'il aurait suffi d'un champ de blé ou d'un pré pour le neutraliser. L'insupportable Première de la classe n'exigeait plus que je peaufine un dossier, ou plus généralement que chaque instant soit dévolu au travail. Ne trouvant plus de raison d'éveiller ma culpabilité, elle m'accordait enfin le droit à l'oisiveté. Préférant me voir cloîtrée dans ma chambre que me laisser affronter l'inconnu, l'Émotive – qui, en réalité, lui ressemblait comme une sœur – ne me forçait plus à refuser les sorties pour regarder un vieux film en boucle. Le cœur léger, je m'échappais dès qu'Adèle était de retour, heureuse et sidérée que ces voix familières se soient tues. Un dessin d'enfant, une odeur de fleurs coupées les avaient remplacées. La course des nuages le jour, le bruit de la pluie à la tombée de la nuit, et chaque lundi soir la lumière chaude et théâtrale du café derrière les baies vitrées… Aux visages aimés s'était substitué l'effort vert acide du feuillage de printemps, le parfum de la terre exsudant sa chaleur souterraine.

À l'abri, dans sa nouvelle maison, le cœur d'Emma battait enfin librement. Elle aimait arpenter les rues étroites du village, se perdre sur les sentiers boisés, grimper au sommet d'une montagne et, par-dessus tout, se réfugier à la Providence, imaginant faire partie depuis toujours des habitués…

Emma ne connaissait pas les réunions ennuyeuses du vendredi matin, les heures de discussion stérile dans des bureaux climatisés en toutes saisons, les interminables pots de départ et les fêtes de fin d'année, les collègues à repousser gentiment aux toilettes. Elle n'avait jamais eu besoin de trouver de faux prétextes pour éviter un dîner d'affaires, refuser un verre… Emma était neuve, sans passé.

Brève rencontre

Sébastien était reparti sur les routes, de gymnase en salle des fêtes, il ne reviendrait pas avant des semaines. À peine s'était-il éloigné, que les réveils de Suzanne reprirent de plus belle. Vers deux heures du matin, les lumières de la maison s'allumaient l'une après l'autre, de sa chambre au salon, comme un décor de théâtre. C'étaient toujours les mêmes cris au milieu de la nuit, mais l'enfant acceptait désormais de me confier ses cauchemars. Elle rêvait de ravins et de culs-de-sac. Comment prévenir les conducteurs que le chemin ne menait nulle part ? Impuissante, elle regardait les voitures sombrer dans le vide et, une fois éveillée, elle croyait voir leurs fantômes qui dansaient autour de son lit, silhouettes immenses, formes accusatrices de la taille de son père.

À force de m'allonger près d'elle, de dormir sur les lattes de parquet glacées, les visions s'espacèrent. J'aurais tant aimé chasser définitivement ces ombres macabres de sa chambre. La moindre de mes pensées était dévolue aux enfants ; si je prenais plaisir à les accompagner à l'école, je préférais de loin venir les chercher. Les après-midi du mercredi, j'applaudissais Jean sur le terrain de rugby, tout en lisant des histoires à sa sœur pour la faire patienter. Je les levais, les nourrissais, essuyais leurs larmes, lavais leurs pantalons couverts de boue, soignais les rhumes et la fièvre, les apaisais après une dispute, aidais chacun pour les devoirs, j'arrangeais les fâcheries entre copains, me réjouissais avec eux des progrès de leurs premières amours, leur apprenais à faire la cuisine… Après le dîner, j'assistais aux spectacles qu'ils improvisaient pour moi dans le salon, et ne manquais jamais de leur chanter quelques couplets pour les endormir, sachant qu'ils les oublieraient plus tard, avec le reste. Comme j'avais moi-même si bien effacé les visages des adultes qui m'avaient consolée un jour. J'espérais juste qu'un peu de cet amour me survivrait, d'une façon ou d'une autre.

Le soir tombait lentement, je les bordais et m'asseyais par terre près du lit sans faire de bruit, jusqu'à ce que leurs respirations changent de rythme, que leurs visages de poupée s'écrasent sur l'oreiller, et que leurs mains s'ouvrent comme des fleurs. *Reste encore un peu, s'il te plaît…*

Reste… insistait la voix apeurée. Et je restais. Je passais plus de temps en leur compagnie que leur propre mère. Pourtant ils ne se souviendraient pas davantage de mes conseils et de la recette de ma pâte à crêpes que de mes chansons. Peu leur importait qu'Adèle les écoute d'une oreille distraite, que sa présence soit intermittente, je savais qu'ils ne retiendraient que ses sourires à elle.

Malgré mon maigre salaire – une somme fixe qui m'était versée en liquide, à la fin du mois –, j'avais encore de quoi faire des économies. Lepokoa et les villages autour n'offraient pas la moindre tentation. Je dilapidais donc la majeure partie de mon argent au café ou à la boulangerie en bonbons et pains au chocolat. La boulangère avait fini par apprécier mes visites quotidiennes, et me tutoyait. Elle me réservait toujours quelques surprises, ours en chocolat, petits arcs-en-ciel recouverts de sucre, et je repartais comblée par ses menus présents, comme si j'avais dix ans.

J'avais si bien assimilé ma nouvelle identité, que je doutais de pouvoir un jour m'en défaire. Comment renoncer à ce que cette Emma Auster avait su ajouter à ma personnalité, à ce qui s'était tissé entre elle et moi ? Les fils étaient noués, bien emmêlés. Je ne manquais jamais désormais de me retourner quand j'entendais quelqu'un m'appeler. Plus lisse et souriante qu'une jeune première, je savais esquiver les questions. Rien à déclarer. Et si, par mégarde ou par excès de curiosité, on essayait d'aller plus loin – ce qui, étonnamment, se produisait rarement, pressentaient-ils la supercherie ? –, je m'étais inventé une vie facile. Éducation modeste mais joyeuse, parents aimants, études générales médiocres mais compétences indéniables avec les enfants, désir de calme et de photographie… Mes nouveaux amis auraient été surpris d'apprendre que je venais de renoncer à une carrière toute tracée, qu'en un instant, j'avais jeté aux orties une promesse de promotion, un salaire enviable. Qui aurait imaginé que j'avais échappé de justesse à un mariage raté, un amour abîmé par des années de fécondation in vitro ? Mon enfance ne les regardait pas davantage. C'étaient de vieilles histoires, le passé d'une autre. Qui s'y intéresserait ? Qui pourrait s'émouvoir du fait que mon père ait déserté son foyer ? Qu'il ait remplacé ma mère par une femme qui ne nous aimait pas ? Et qu'après d'énièmes vacances ratées, ma sœur ait voulu en finir ? Personne.

C'était tellement plus simple de répondre à côté. J'étais devenue experte en la matière, aussi habile qu'une politicienne adepte de la langue de bois, plus expérimentée qu'une star de cinéma en interview – même si (contrairement à elles) je ne me préoccupais plus de mon image. Lorsque j'étais partie, je n'avais emporté avec moi qu'un sac pour le week-end, et n'avais racheté par la suite que deux ou trois tee-shirts, et le même nombre de pantalons dans la grande surface voisine. Quelques frusques confortables pour jouer dans la maison, courir dans le jardin, c'était bien suffisant. Anorak et bottes, indispensables pour affronter l'humidité de la région, ainsi qu'une ou deux robes d'été pour les beaux jours qui s'annonçaient. On m'avait toujours assuré que je faisais plus jeune que mon âge, ce n'était plus vrai désormais. Emma avait dessiné ces cernes bleus sous mes yeux, deux grandes parenthèses autour de mes lèvres. Mon reflet altéré dans le miroir de la salle de bains me laissait pourtant indifférente. Après tout, il s'agissait d'une Emma qui, au bout du compte, n'existait pas. Sauf, peut-être, sur les tirages réalisés en ville par un photographe spécialisé dans les mariages : après avoir plongé le papier dans le bain révélateur, agité les sels argentiques durant trois minutes pour les dissoudre, le visage interrogatif d'Emma dans l'objectif paraissait tellement plus vivant que dans la réalité. Elle avait choisi d'être là, parmi nous – même si l'énigme restait entière.

Seuls les enfants m'importaient, j'épousais leurs joies et leurs peines, mes soucis étaient les leurs… Jusqu'à ce jour de juin où je surpris son regard posé sur moi. Je ne le voyais que les lundis, mais lui venait tous les soirs au café. J'appris plus tard qu'il avait fait des études à Paris, et s'était juré de ne plus retourner dans la vallée. Après un master scientifique et trois années supplémentaires en droit des affaires, gérer les stocks d'un Super Drive l'avait d'abord révolté, puis finalement découragé. Au bout de deux ans à peine, il était rentré vivre dans la maison qui l'avait vu naître, jurant qu'on ne l'y reprendrait plus. Il était plutôt mince, brun, flirtant avec la trentaine – j'aurais sans doute détesté ses cheveux longs sur une autre figure. La sienne, encadrée par cette coupe démodée, avait quelque chose d'enfantin, de triste aussi.

Suivant la lumière et l'inclinaison de son profil, j'aimais sa pâleur extrême ou le trouvais, au contraire, repoussant. Depuis ce jour où il s'était intéressé à moi, j'avais beau essayer de me concentrer sur autre chose, je ne pouvais m'empêcher de fixer ses mains larges et bleutées, rassemblées en prière. *Ô Douce-Amère ! Certes, je t'appellerai amère, car il est amer de se séparer de toi !*

Le lundi suivant, je l'observai donc à mon tour. Le lundi d'après, je portai ma voix en parlant à Eugénie, dans l'espoir qu'il m'entende. Fascinée par ces joues blêmes barrées d'un drôle de sourire, j'avais du mal désormais à me concentrer, et peinais à mettre autant d'ardeur au travail. Quand les enfants me racontaient leurs histoires, je répondais à côté. Toute la semaine, j'attendais le moment de le retrouver, assis au bar et buvant des bières en silence. Chaque fois que je croisais son regard, la même sensation de chaleur se diffusait dans mes veines. Nerfs tendus à l'extrême, je guettais l'abrutissement providentiel. Comme après la prise d'un produit de contraste. Je me croyais de nouveau avec le docteur F. dans la salle d'examen, le corps envahi de picotements brûlants :

« Pourquoi refuse-t-il de venir ce bébé ? Nous allons regarder ce qui se passe dans votre ventre. Vous n'êtes pas allergique à l'iode ? Je vais vous faire une injection. Vous sentirez sûrement des fourmillements aux extrémités, mais ne vous inquiétez pas, le produit se dispersera rapidement. »

Un flux rapide, continu, circulait dans ma poitrine, courait sur ma nuque, le long de ma colonne vertébrale, et pour finir débordait, se propageait, me semblait-il, à l'extérieur. Je tirais maladroitement sur mon pull, saisie du réflexe enfantin de m'y cacher. Une mèche rebelle me barrait la moitié du visage. J'hésitais à la repousser : le savoir là, si proche, me donnait l'impression d'avoir une caméra braquée sur moi. Chacune de mes actions lui apparaissait en gros plan : toucher mes cheveux n'était pas un geste anodin, saisir mon verre racontait quelque chose, le porter à mes lèvres était lourd de sens. Je tâchais donc de boire à petites gorgées, avec élégance, avant de reposer l'objet sans faire de bruit. Jamais je n'avais autant regardé mes mains. Qu'en faire ? Je les retournais sur le dos, interrogeant ma ligne de chance. Pourquoi ne pas rester bien sagement dans l'ombre ? Quelle idée de vouloir m'attribuer le rôle-titre ? Parmi les clients-figurants de la Providence, d'autres que moi auraient mieux rempli cet office. *Mais admettons. Admettons que je devienne grâce à lui l'héroïne d'une comédie sentimentale,* m'exaltais-je sous la lumière jaune du plafonnier, imaginant qu'il s'agissait d'une poursuite de théâtre, *ne me repousserait-il pas dès les premières scènes, sitôt qu'il aurait embrassé ces mains desséchées par l'eau de javel ?* C'était ma faute, Adèle tenait à ce que je porte des gants, mais je préférais travailler sans. Je scrutais avec pitié la peau rouge et craquelée, inutile de les faire disparaître dans les poches trop étroites de mon pantalon – les desserts d'Eugénie avaient réussi à me faire prendre une ou deux tailles. *Aucune costumière n'aurait choisi d'associer ce pantalon démodé à cet étrange pull marron !* L'homme souriait, on aurait dit qu'il saisissait la moindre de mes pensées, et s'en amusait. Se moquait-il de la femme de quarante-deux ans qui lui faisait face ?

En réalité, je n'avais fait que quitter un uniforme pour un autre. Après les tailleurs sombres du bureau, les chemises blanches immaculées et les bottines à talons, voilà que je me dissimulais derrière l'apparence discrète et confortable d'une femme au foyer. Trop âgée pour une étudiante penchée sur son cahier à spirale, je devais avoir l'air égaré d'un vieux chat de gouttière. L'attitude résignée d'une institutrice célibataire, corrigeant ses copies de la veille. Sa curiosité était légitime, qui aurait envie de venir s'installer ici ? Pénurie de médecins comme de travail, pas la moindre librairie, aucune salle de spectacle, tout se passait plus bas, près de la côte. Les rares touristes repartaient effarés, ils n'avaient rien à acheter, pas un seul petit souvenir à offrir.

Emma aurait pu lui expliquer qu'elle fuyait les rues sales, le ciel morcelé par les barres d'immeubles, le métro bondé aux heures de pointe et ses usagers fatigués, pressés de rentrer chez eux – pauvres banlieusards obligés de laisser passer une rame et puis une autre pour ne pas finir écrasés contre la vitre. Ici, les gens roulaient des kilomètres sans croiser personne. De temps en temps, les yeux phosphorescents d'un animal traversaient les phares, parfois un éboulis obligeait le conducteur à faire un écart. Seuls témoins de l'incident, deux éperviers postés sur une branche comme dans un théâtre d'ombres. Et le silence. Emma comprenait enfin l'expression « traverser le mur du son ». Jamais elle ne s'était sentie entourée d'un tel silence. Si lourd et si épais, qu'elle se demandait à chaque instant comment le briser.

Je mourais d'envie, bien sûr, de questionner Adèle, elle devait nécessairement le connaître. Nul doute alors qu'elle s'inquiéterait pour ma santé mentale – nous avions presque quinze ans de différence. « *Tu veux parler de Marc ? Ah ah ! Qu'est-ce qui t'arrive ? Aurais-tu soif de connaître à ton tour ce dont tout le monde fait grand cas : une vraie passion physique, dévastatrice ?*

— *Une simple nuit d'amour ferait l'affaire. Une courte étreinte, avant qu'il soit trop tard.* »

Cette envie impérieuse d'être embrassée n'était pas tant le fruit du démon de midi comme le suggérait cette conversation imaginaire, que le résultat d'un choc : trois semaines plus tôt, j'avais croisé Martin au bras d'une autre femme.

En dehors de mes visites au labo du photographe spécialisé dans les mariages, je n'étais plus sortie du village depuis des mois. Et voilà qu'après avoir accompagné Jean chez le médecin, je tombais sur lui. Nous avions décidé, mon protégé et moi, de faire un crochet pour aller voir la mer. C'était bientôt les grandes vacances. Dans quelques semaines, la plage serait envahie de parasols et de serviettes, mais pour l'heure, elle nous appartenait. Nous marchions dans les avenues rutilantes de la grande ville. Une magnifique bande bleue émergeait déjà entre deux immeubles, quand soudain, à une dizaine de mètres de nous, je l'aperçus qui entrait dans un restaurant, enserrant la taille d'une longue fille brune

– je le reconnus à ce geste, comme s'il était encore inscrit en moi. Je pouvais sentir les mains de Martin envelopper mon corps à la place du sien.

En parfait gentleman, il lui ouvrit la porte en grand, s'effaçant pour la laisser passer. Cordial, protecteur, il affichait les mêmes prévenances qu'il avait eues pour moi. Une dernière fois, il caressa la cambrure de son dos, avant de disparaître avec elle au fond de la salle. Son visage était lisse et clair, je n'y lisais aucune tristesse, pas la moindre trace de douleur. Il avait tourné la page, m'avait remplacée tout simplement.

Postée au bout de la rue, j'étais devenue spectatrice de ma propre vie : si je ne m'étais pas enfuie au printemps dernier, je serais toujours cette femme interchangeable qui pénètre avec lui dans ce salon de thé, et sourit quand on lui tient la porte.

Je restai figée au bord du trottoir, et Jean m'appelait en faisant le pitre face à la mer : « Emma ! Regarde ! Regarde-moi Emma ! »

Je me tournai vers lui pour applaudir mécaniquement à ses facéties. Un stylo Bic en guise de pipe, il imitait Jacques Tati, agitant sa silhouette élancée autour d'un banc privé d'assise. Et, l'espace d'un instant, l'enfant réussit à me faire oublier cette brève et désolante rencontre avec mon passé.

Mordre un fantôme

La nuit était tombée depuis longtemps, quand je décidai d'emprunter le plus court chemin jusqu'à chez moi. Aucune voiture, je quittai donc le trottoir encombré de poubelles pour marcher sur la route. Le ciel était criblé d'étoiles. Certaines brillaient intensément, d'autres devaient lutter pour ne pas s'effacer. Hésitant entre humiliation ou révolte, elles scintillaient une dernière fois, vertes ou bleutées, mornes traces d'un feu d'artifice raté. Clac, clac, clac… Coups secs et rythmés dans l'obscurité. Mes pas résonnaient trop fort sur l'asphalte. J'avais l'impression d'être l'unique spectatrice d'un film au son Dolby poussé au maximum, quand je réalisai mon erreur : je n'étais pas seule ! Son immobilité première m'avait trompée. Je distinguais mal ses contours, mais une silhouette avançait vers moi. Arrivée à ma hauteur, elle s'arrêta pour me saisir les bras. Je résistai de toutes mes forces, tandis que son corps épais luttait mollement, sans conviction. Balançant un poing, une jambe à l'aveuglette, je parvins enfin à lui échapper et à courir au bout de la rue.

Malgré l'heure tardive, le boulevard était encore fréquenté, j'appelais à l'aide, je hurlais mais personne ne paraissait m'entendre. L'inconnu me suivait en silence, avec l'air d'un enfant geignard qui revient à la charge, réclamant plus d'attention. Son insistance me rendait malade ! J'attrapai sa main pour la mordre, j'enfonçai mes dents profondément, mais sa chair n'offrait pas la moindre résistance, elle était creuse, sans consistance. Sa peau, d'une matière souple, élastique, contenait du vide, de simples bulles d'air. J'essayai autre chose : tordre son poignet... Ma victime se laissait faire, ne protestait pas. Indifférente à mes coups, elle restait là, me fixant étrangement. Sûre de mon découragement. Pour lui donner tort, je continuai de plus belle. Et l'os se déformait, finissait par fondre. Allait-il se mettre à couler comme une montre de Dalí ? Je ne voulais pas sentir son corps dégouliner sur moi ! Je comprenais alors que je n'avais d'autre choix que de me plier à sa volonté. Ce n'est pas si terrible, on survit à tout, me persuadai-je, tandis que l'homme m'entraînait doucement. Comme une noyée, avec la lenteur du cauchemar, je me laissais emporter par le courant.

Impossible au réveil de me débarrasser de ce pénible rêve, il me collait au cœur... Je décidai de le noter dans mon carnet, une fois couché sur le papier, peut-être parviendrais-je à le domestiquer ?

Le soir même, par un risible effet du hasard, après avoir longuement devisé sur le Lapin de Pâques, les Rennes du Père Noël, et nous être interrogés sur l'incroyable collection de la Petite Souris – mais que faisait-elle donc de toutes ces dents ?! –, Suzanne me demanda mon avis sur les fantômes. « Si les autres existent, pourquoi pas eux ? » J'aurais pu éluder la question, ou lui confier mon trouble : *As-tu déjà mordu un fantôme ? Moi oui. Eh bien figure-toi qu'ils s'en foutent complètement !*

Mais je choisis de me taire et de dissimuler mon embarras derrière un livre de contes qu'elle affectionnait particulièrement, plus effrayant pourtant que Grimm et Andersen réunis – pourquoi les histoires censées endormir les enfants sont-elles si cruelles ? Mères mortes en couches, sœurs dévorées par la jalousie, pères absents, résolus à abandonner leur progéniture à ces cœurs tordus, ainsi qu'à d'horribles belles-mères qui en semblaient totalement dépourvues. Qu'était-il arrivé à leurs cœurs, l'histoire ne le disait jamais… Je commençai ma lecture, mais Suzanne ne cessait de m'interrompre : « Alors dis-moi, est-ce qu'ils existent ?

— Bien sûr que non ! répondis-je à la fillette d'une voix que j'aurai voulu plus assurée. N'avons-nous pas suffisamment à faire avec les vivants ? »

Le sens du détail

J'allais rarement au café le mardi soir, mais Adèle avait prévenu l'hôpital : elle avait pris froid, et n'irait pas travailler. Après m'être assurée qu'une tasse de miel, une bouillotte et des sachets d'aspirine étaient à sa portée, j'attrapai mon manteau et m'éclipsai. L'air était froid, mordant pour la saison. L'hiver en plein mois de juin. Face au vent, j'avançais en plissant les yeux comme un Esquimau. Les éléments cherchaient-ils à me décourager ?

Sur la place, mes vêtements, alourdis par l'humidité, collaient à ma peau, des larmes glacées striaient mes joues. Je devais avoir le nez rouge et la chevelure d'un épouvantail. J'hésitai à faire demi-tour.

Marc était là. De loin, je vis ses longs cheveux couler joliment dans son cou. Avec son pull en laine épaisse orné d'un écusson, il ressemblait à Harry Potter ou à l'un de ses codisciples en cape, shooté aux filtres fantastiques – Chance liquide, Polynectar, Amortensia… J'imaginais quel couple improbable nous formerions aux yeux de tous. J'imaginais aussi ses mains sur moi, sur mes hanches et sur mes seins. Chaque fois que j'y pensais, une salve de décharges électriques me traversait, et diffusait sa chaleur moite dans mon ventre et ma poitrine. C'était immédiat, régulier, comme un déclic, aussi efficace que les pompes à morphine à la disposition des patients en souffrance. La dose progressait, s'insinuait dans l'architecture deltaïque de mes veines sitôt qu'il traversait la salle pour s'approcher de ma table. J'avais beau être prévenue, connaître l'implacable mécanique, j'étais toujours surprise. Avant de rencontrer Martin, presque du même âge que moi, les hommes plus jeunes ne m'avaient jamais attirée. J'aimais, au contraire, ceux qui trichaient, se croyant obligés d'alléger leur état civil de plusieurs années. Près d'eux, je me sentais à l'abri. Ce sentiment de sécurité, je ne l'avais connu que dans ma prime enfance, puis ma confiance s'était évanouie. Les airs sérieux d'hommes mûrs revenus de tout, leur goût prononcé pour les rituels, le tissu étroit des vieilles habitudes dans lequel ils se drapaient, jusqu'à leurs envies de se coucher tôt me rassuraient. Rien ne perturbait leur routine, surtout pas moi. Je me pliais volontiers à toutes leurs exigences si, en échange de ma docilité, j'obtenais ce cadre protecteur qui m'avait tant manqué.

Et voilà que je traînais dans les cafés jusqu'à minuit pour sentir le regard acéré d'une autre espèce de mâle : celui-là avait la peau lisse et ferme, des épaules carrées, des bras musclés dont la circonférence devait faire le triple des miens. *Comme ce doit agréable d'être tenue par ces bras-là... de s'y accrocher, d'y enfoncer ses doigts au moment de jouir*. Voilà pourquoi j'aimais tant les comédies musicales : l'héroïne pouvait se laisser tomber, se jeter dans la fosse d'orchestre comme les rock stars ou les chanteurs de heavy metal, plonger du haut d'une spectaculaire pyramide humaine, il y aurait toujours quelqu'un pour la rattraper. À cette idée, je sentis de nouveaux déclics. Si je me levais, mes jambes se déroberaient sous moi. J'imaginai alors ses mains me retenir, saisir mes hanches avant la chute, les coller aux siennes et imprimer son rythme à mon corps tout entier. Pour retrouver une contenance, je tâchais d'écrire dans mon cahier. Tandis que le désir continuait d'onduler sous ma peau, je gribouillais des phrases incompréhensibles, en vidant d'une traite mon quart de rouge. Eugénie, aux aguets, s'empressa de me proposer un ultime pichet avec la carte des desserts. Au fond de moi, c'était le chaos, mais en surface, il ne se passait rien d'exceptionnel, en ce soir tardif : Marc ne m'adressait pas la parole, et j'en étais soulagée. Excepté cette rougeur qui embrasait mes joues, ces plaques comme des piqûres d'ortie dans mon cou, aucune émotion n'avait filtré. C'était le seul et maigre réconfort dont je pouvais me targuer, je ne m'étais pas trahie.

Oubliant l'heure, je rentrais grisée. Mon carrosse s'était depuis longtemps transformé en citrouille, mais je planais dans la rue, jouant avec toutes les situations qui me précipiteraient sur ses lèvres. J'en avais presque le goût de sa salive dans la bouche. J'essayais d'oublier qu'il s'était obstinément tenu à l'écart, à l'extrémité opposée du bar, pour écouter comme à son habitude la bande des quatre, le surfeur surtout. De quoi avaient-ils parlé ? De vagues, probablement.

De là où j'étais, je n'avais saisi que des lambeaux de phrase arrachés à leur conversation. Mon amoureux imaginaire avait fini par s'y mêler, et son timbre m'avait troublée. *Une voix sombre, radiophonique*, me répétais-je, dansant sur la chaussée, sans interrompre pour autant le fil de mes pensées. *I see a darkness, Can you save me from this darkness.* Je croyais entendre le chant usé de Johnny Cash, le ton grave, bouleversé d'angoisse de Nick Cave. Je savais ma voix hésitante, flexible. Si seulement elle avait eu plus d'éclat, mes mots auraient peut-être pesé davantage, et je n'aurais pas suivi si servilement d'autres voix.

C'était sur les basses de Leonard Cohen que j'avais fait l'amour pour la première fois. Le garçon, comme moi, était puceau. Nous avions passé des après-midi entiers à nous frotter l'un contre l'autre. Torse nu, mais résolument accrochés à nos pantalons, durant des mois nous en restâmes à ce stade. La répétition n'entamait jamais notre plaisir, ce simulacre de coït nous suffisait.

Et un beau matin, mon amant maladroit décida qu'il était temps pour nous de passer le cap. Pas de préliminaires cet après-midi-là, aucune caresse, juste un plongeon dans l'eau glacée. En quelques minutes à peine, l'opération fut exécutée. *Alors c'est ça ?* pensai-je perplexe, *pas de quoi en faire toute une histoire !*

Longtemps je me demanderais si je ne préférais pas ces longues séances de frottage, sa peau imberbe contre mes seins, ses baisers mouillés, son sexe que je sentais enfler au contact du mien, protégée par mon jean, puis par le fin tissu de ma culotte… Ses mains dans mes cheveux, son sperme sur ma cuisse, ma jouissance sous ses doigts, courte mais puissante, pleine de promesses, le calme qui s'ensuivait, la Peter Stuyvesant rouge qu'on partageait après, les ronds de fumée dans l'air qui s'emmêlaient comme des anneaux de fiançailles…

Notre relation se changea peu à peu en un exercice tendant à optimiser ce nécessaire passage à l'acte. Mon amant s'organisa, se concentra, et le brouillon de nos ébats d'enfants devint une performance rapide, somme toute agréable, se sophistiquant de « rapport » en « rapport ». Animal triste. Ces rendez-vous me laissaient un goût amer. Lorsqu'il me quittait, bien que certains de nous revoir le lendemain, je redoutais d'être abandonnée. Pauvre Juliette, ravagée d'angoisse, je le regardais s'éloigner depuis mon balcon, convaincue de l'avoir perdu. Je n'avais que quatorze ans et, déjà, j'étais orpheline de ses caresses inexpérimentées, de cette tendresse qui prenait tout son temps, du fol espoir qu'elle avait suscité en moi. L'émotion avait disparu et, avec elle, les frémissements, la peur si douce, exaltée par la sensation d'interdit et la fierté de l'avoir bravé ensemble. Finis, ses yeux braqués sur mon visage, l'attention des premières fois et cette envie féroce de mêler nos effluves les plus intimes. Envolés, ma fascination pour sa nuque duveteuse, le plaisir de passer ma main à rebrousse-poil entre les muscles tendus de son cou, la joie orgueilleuse de caresser ses cheveux fins, rasés sur les côtés, de les lécher avec l'enthousiasme d'un animal affectueux, comme si cette soyeuse fourrure m'appartenait. Disparus, la révélation de sa peau tendre, et pourtant plus épaisse que la mienne, l'émerveillement que me procuraient la vingtaine de grains de beauté dans son dos, effacé, le dessin qu'ils formaient quand je jouais à les relier avec mon index.

Appliqués désormais à suivre la cadence, nous ne pensions plus à ces trésors qui nous avaient comblés, aux frissons subtils qui, des nuits entières, avaient nourri nos rêves. Sans le savoir, nous avions l'un et l'autre perdu le sens du détail.

Après un retour difficile dans la nuit noire et une périlleuse montée d'escalier, je me couchai en travers de mon lit sans quitter mes chaussures. Tout était calme, leur sommeil, derrière la cloison, paisible. Une maison qui abrite des enfants endormis semble mille fois plus tranquille. On dirait que la paix est son seul but, que chaque pièce, chaque objet y participe. Même les murs changent de matière, et s'accordent de nouvelles couleurs… *L'air se transforme en substance protectrice*, remarquai-je, étourdie par l'alcool, *les fleurs du papier peint s'adoucissent de pastels encore plus clairs*… Chaque fois que j'entrais dans la chambre de Jean et de Suzanne, pour rajuster un oreiller, remettre une couverture, j'étais saisie par cette atmosphère propice à la rêverie. Persuadée de son empathie, je fixais pour m'endormir le mur couvert de fleurs face à mon lit. Et soudain Marc fut contre moi, il me parlait, me tenait. Sa main avait remplacé la mienne, plus large et plus lourde. Jusqu'au matin, elle demeura ainsi, langoureusement posée sur mon épaule.

Des feux

> « Au milieu du chemin de notre vie, ayant quitté le chemin droit, je me trouvai dans une forêt obscure. »
>
> *La Divine Comédie*, DANTE

Les voisins nous alertèrent avec leurs cris. « Ça brûle derrière la ferme d'Atxuri ! » Adèle ne tarda pas à surgir dans ma chambre, affolée. Suzanne, accrochée à ses jambes, ne cessait de pleurer. « Jean n'est pas là ! Mon garçon… Qu'est-ce qui s'est passé ? » répétait Adèle, serrant la petite dans ses bras, la soulevant, puis la posant pour arpenter le salon en tous sens…

Au comble de l'affolement, j'obligeai la mère et la fille à s'asseoir. Je les suppliai de ne pas bouger, enfilai un pull et des chaussures à la hâte et me précipitai dans la nuit à la recherche du fugueur. Une lune borgne éclairait les nuages qui se succédaient pour la masquer, sans y parvenir. Je longeai le sentier en pente douce jusqu'aux dernières maisons. Il suffisait de suivre les traînées de fumée qui s'étalaient au-dessus du village. En approchant de la forêt, j'avais de plus en plus de mal à respirer, ma gorge était sèche, mes yeux me piquaient, la poussière grise s'infiltrait partout. Mêlés à la cendre qui tombait du ciel, dans la lumière des réverbères, de larges copeaux nacrés brillaient comme des débris de verre ou de la neige en plastique. Sur la route, je croisai une trentaine d'hommes ; de nouveaux visages, accourus des villages alentour, s'étaient joints aux habitués du café. Les bras ballants, ils regardaient les pompiers se battre sous une pluie d'étincelles. Exalté par le vent qui tournait dans la vallée, le brasier soulevait sur son passage des ombres noircies, buissons et barrières aux fils de barbelé incandescents, et autres branches mortes où s'accrochaient des feuilles carbonisées. Les flammes progressaient dans ma direction avec d'imprévisibles mouvements de fantôme qui m'hypnotisaient. J'ôtai mon pull pour m'en recouvrir le nez et la bouche, et continuai d'avancer en hurlant : « Jean ! Jean ! », persuadée qu'il se trouvait derrière, encerclé par le feu. À force de regarder *Blair Witch* et *Evil Dead* en cachette, il avait sans doute voulu se faire peur. Un souffle brûlant balaya mon visage, des voix me criaient de reculer, je les entendais m'appeler, de plus en plus fort. Pourquoi s'acharnaient-ils à me retenir ? Les arbres, sur le point de basculer, s'appuyaient les uns aux autres. D'immenses nuages orangés comprimaient le ciel, j'avais l'impression d'être entrée dans une grotte. Une caverne sans fond. L'étouffement des enfers promis par la Bible ? Était-ce vraiment ce qu'Il voulait ? Nous attendions, sans nous défendre, que les dernières braises retombent, et que la terre craquelée, devenue plus noire que la galène, nous engloutisse. Mais l'eau jaillissait des rampes à pluie en gerbes gigantesques, formant des colonnes blanches qui se croisaient et dont les flux montaient et descendaient, telles les fontaines sur les places des grandes villes. *Lassos, filets, fusées, arabesques... Mesdames et messieurs, admirez ces jolies formes géométriques ! Venez acclamer la Féerie des eaux !* Les spectateurs, conquis, se bousculaient pour assister au final. La forêt était désormais une mine éventrée, une fonderie à ciel ouvert, avec ses coulées de métaux incandescents. Le public préférait lever la tête vers le ciel pour applaudir les épais geysers enveloppés de vapeur. La mousse blanche, écumeuse, qui s'écoulait des lances, s'amassait sur le sol, se mêlant à la cendre. Et, soudain, le vacarme des cascades s'interrompit. Sur une longue bande de terre, le paysage ressemblait à une vieille carte postale de guerre, un cauchemar en sépia. La moitié d'un hectare avait été liquidée, le feu avait menacé une ferme et ses habitants, la plupart des pottoks étaient parvenus à s'enfuir, mais des dizaines d'entre eux avaient été blessés. Certains, pris au piège, étaient morts. Les images des chevaux sauvages brûlés circuleraient le lendemain sur Internet. Carcasses grises retournées sur le dos, pattes en l'air, figées dans leur course.

Le cœur lourd, les spectateurs s'éloignèrent dans la nuit brumeuse, priant secrètement qu'au réveil tout cela n'ait pas existé. « Je n'arrive pas à y croire ! T'imagines ton gosse faire une chose pareille ? » lança l'un d'eux, confirmant mes tristes pressentiments.

Au commissariat de la grande ville, Jean ne cessait de pleurer. Adèle, qui nous avait rejoints, serrait nerveusement Suzanne endormie sur ses genoux. Prostrée sur ma chaise, j'écoutais les commentaires des gendarmes. Du fait de son âge, on nous assura qu'il n'écoperait que de mesures éducatives. Le juge préconiserait une peine de réparation, un stage de formation auprès d'un sylviculteur. Il avait eu de la chance, la terre et les sous-bois étaient encore humides des pluies récentes. On avait pu rassembler tous les effectifs, car l'enfant affolé n'avait guère tardé à appeler les pompiers. Le coupable passerait ses vacances à aider les techniciens forestiers qui nettoieraient la zone, le tout assorti d'un suivi psychologique. Même si les gendarmes ne s'adressaient qu'à la mère, il me semblait que chacune de leurs paroles me condamnait. J'étais là pour les aider, et je n'avais rien vu.

Sur le chemin du retour, Adèle tremblait tellement que je l'obligeai à garer la voiture sur la bande d'arrêt d'urgence pour prendre le volant. Jean, accablé, se tenait recroquevillé à l'arrière. Je connaissais bien cet état, le corps en garde la mémoire – les heures de désespoir sont même celles qu'il enregistre le mieux. Le cœur se met à battre plus vite, tandis que le cerveau, lui, observe, anticipe chaque sensation, une façon de se préparer au combat. J'aurais voulu trouver les mots, alerter mon protégé : *Pour cette guerre-là, pas de déserteur ! Accroche-toi, mon garçon, dans quelques heures, les gens autour de toi auront l'air faux. Ta vie, jusqu'ici douce et confortable, ne va pas tarder à perdre ses contours.* Aux enfants, on préfère cacher ces choses. Pourtant j'aurais tant aimé, plus jeune, qu'on me prévienne. *Ton petit monde va changer. Bientôt, il ressemblera à une toile peinte, un décor de carton-pâte. Au moindre coup de vent, tu seras prêt à t'effondrer. Ta peau est devenue si poreuse. Le regard des autres te pénètre, s'enfonce en toi. Leurs réflexions idiotes, leurs phrases en kit te heurtent, mais tu préfères te taire. Tu as raison de ne pas t'y opposer, de toute façon, tu ne tiens plus à rien. Tu te contentes de tourner dans ton bocal d'eau sale, espérant ne pas t'asphyxier trop vite. Tiens bon, je t'en conjure ! Pour l'instant tu n'y crois pas, mais un matin tu verras, tu respireras de nouveau librement.*

J'avais naïvement cru que, sous les traits d'Emma, ces vertiges-là me seraient épargnés. Je me croyais à l'abri des chocs, des trahisons, des ruptures douloureuses, des couronnes d'épines plantées dans la poitrine. Si tous les ingrédients étaient réunis, je devais cependant reconnaître que je ne paniquais plus comme autrefois. Habitée par d'autres forces, des réserves de vitalité insoupçonnées, je gardais le cap, convoquant quelques images apaisantes. Je m'évertuais à visualiser une porte dérobée, une fenêtre ouverte pour m'envoler… Même si, dans la réalité, il n'y avait aucune échappatoire, aucune porte de sortie vers laquelle se projeter sans bruit, je ne doutais pas que les êtres autour de moi recouvreraient bientôt leur éclat, et qu'un matin au réveil, comme le chantait Barbara, le mal de vivre aurait disparu. Nous devions juste faire preuve de patience, attendre ensemble que le voile gris se déchire.

Sans prendre la peine d'ôter son manteau, Adèle se tenait assise au bout du canapé. Dans ses bras, Suzanne dormait toujours et prenait toute la place. Jean, affalé dans un fauteuil, restait silencieux. J'avais envie de m'éclipser pour nous préparer un copieux petit-déjeuner, mais personne n'y toucherait, aussi je m'installai docilement à leurs côtés. La mère et le fils fixaient un point dans le vide, rêvant probablement à leur tour de fenêtres ouvertes ou de portes dérobées. Si je n'avais pas été une nounou aussi médiocre, nous n'en serions pas là, songeais-je, désemparée. Mary Poppins aurait su les protéger sous son parapluie-cerf-volant, et les entraîner vers un ciel sans nuage.

Depuis combien de temps, réalisais-je angoissée, Jean ne parlait plus ? Au retour de l'école, il marchait toujours devant, contrarié. J'avais bien essayé de l'interroger. Y avait-il dans sa classe un élève qui le harcelait, un professeur trop sévère ? Serait-il tombé amoureux ? J'avais beau multiplier les hypothèses, l'adolescent m'offrait son dos, résolu à nous ignorer moi et mes questions. L'année prochaine il serait au collège, l'été l'aiderait à tout oublier, lui répétais-je d'une voix douce pour l'amadouer. Les relations les plus fidèles débutent fréquemment par un malentendu. En amour, l'antipathie déclarée dissimule bien souvent de futures attirances. Mais Jean n'accordait à mes généralités qu'un sourire narquois. D'autres feux, plus prosaïques et bien réels, l'occupaient déjà : de véritables brasiers qu'il allumait seul ou avec un copain…

Car il y avait eu des précédents, bien sûr. Et nous avions tous cru à l'accident. *Comment avons-nous pu être aveugles à ce point ?*

L'histoire avait commencé avec des cigarettes mal éteintes, jetées dans une poubelle à la sortie de l'école. Remplie de cartons et de papiers d'emballage, la poubelle s'était enflammée rapidement, puis le feu s'était attaqué à un assemblage de palettes stockées tout près. Comme une sculpture de Tinguely à la mécanique implacable, une voiture garée plus loin avait cramé dans la foulée. Le propriétaire venait juste de faire le plein, les flammes attisées par l'essence montèrent si haut qu'elles alertèrent tout le village, créant une animation extraordinaire aux alentours. Pris de panique, Jean avait appelé les pompiers sans perdre de temps, et chacun l'en avait félicité, Adèle et moi les premières. L'aventure s'était terminée à la Providence, où les tournées d'irouléguy s'étaient succédé jusqu'au petit matin. Voisins, maire et professeurs étaient venus trinquer à l'efficacité des pompiers, et raconter des souvenirs d'arbres en feu sous l'orage, de coups de foudre frappant le toit d'une grange, la cheminée d'une maison… C'était encore mieux que les fêtes de Bayonne, ou que la Semana Grande à San Sebastián…

« Dès le lendemain, je rêvais de recommencer ! » avoua-t-il plus tard, quand il tenta de nous expliquer son plaisir. « Je jurai alors de n'allumer pas un, mais plusieurs bûchers. » Si seulement ils pouvaient se consumer simultanément, imiter les premières étoiles qui tardent à éclairer la nuit, et peu à peu s'embrasent. Aux astres solitaires, il préférait les représentations mythologiques comme Céphée, Pégase ou Cassiopée, à la rigueur les animaux familiers ou même les casseroles grandes ou petites, ces figures-là savaient faire chanter les constellations ! Aidé d'un ou deux camarades, il triompherait aux yeux de tous. Et si l'ami timoré refusait de l'accompagner, il porterait à lui seul la responsabilité du spectacle, son prestige à coup sûr en serait décuplé. Les flammes, habiles à franchir les obstacles, s'élèveraient plus haut encore, poussées par le vent. Se nourrissant d'air et de matière, elles avaleraient tout ce qui se trouverait sur leur passage, avant de disparaître à leur tour. Et quand il n'y aurait plus rien à détruire, l'incendie laisserait derrière lui un grand vide, et la place aux hommes pour le remplir.

C'est un lundi (mon jour de repos), peu après quatre heures du matin, qu'il déclencha toute l'opération.

La nuit, avait-il pensé, les flammes paraîtraient plus puissantes. Dans l'air glacé de ce juin trop gris, leur chaleur embraserait la forêt, chacun viendrait s'y réchauffer comme autour d'un grand feu de joie, de quoi patienter jusqu'aux fêtes de San Xoán qui auraient lieu dans quelques jours pour célébrer le début de l'été. Les enfants en parlaient avec tant d'impatience, j'avais hâte d'assister aux épreuves de Force basque, dont le fameux Trontzariak, le couper d'arbres, ou le Soka Tira, le tir à la corde. Il me tardait d'applaudir les hommes habillés en rouge et blanc qui sautaient par-dessus les braises pour éloigner les maléfices, et de les voir fanfaronner ensuite, avec dans leurs cheveux l'odeur persistante des bouquets de roses sauvages, des brins de fenouil, de romarin, de mauves et de fougères qu'on jetait pele-mêle dans l'énorme brasier… Ces feux annonçaient l'arrivée des randonneurs, et avec eux la floraison de la drosera qui teintait de mauve la montagne tout entière, ils rythmaient les saisons, la course du temps.

Mais le petit garçon avait grandi, c'était son tour, croyait-il, d'inventer les règles. Son plan n'aurait pas dû échouer, il l'avait répété des centaines de fois dans sa tête. Le matériel nécessaire attendait, planqué sous des pierres. Vêtu de vêtements noirs, légers, Jean s'était entraîné durant des semaines à courir sans se faire repérer, comme il le confessa aux enquêteurs le jour du désastre. Dans son sac à dos, il avait mis une écharpe suffisamment large pour s'en couvrir le visage, des gants pour se préserver des brûlures, un sweat mouillé, à cause des brandons. Il avait tout prévu. Sauf le réveil : après la joie de l'explosion, la gueule de bois du petit matin.

Comme il regrettait à présent « sa joie de débutant ». Quand il se contentait de petites choses : les feuilles de papier à tenir jusqu'à la dernière limite, les boîtes d'allumettes à brûler d'un seul coup, les vieux Playmobil qu'il fallait garder à la main jusqu'à ce que le plastique fonde sur ses genoux. Pourquoi avait-il fallu qu'il s'attaque aux chaises sur les pas de porte, aux cartables oubliés dans la cour de récré, aux boîtes aux lettres ? Pourquoi avoir voulu viser plus grand ?

« Ces épisodes surviennent souvent au moment des premiers émois sexuels... On peut y voir le signe d'une difficulté à s'extraire de l'enfance, de sa toute-puissance », assura le psychiatre. Le feu, comme la chaleur d'un désir physique qui tarde à venir. Ou d'un père qu'on attend, et qui ne revient pas. Sur scène, en tournée, Sébastien saurait du moins que son fils avait été le premier à appeler les pompiers.

Le garçon doux et serviable en cachait un autre. Il me faisait penser à la petite fille discrète que j'avais été, elle qui cherchait par tous les moyens à recevoir l'assentiment de la maîtresse : « Personne n'ira en récréation tant qu'on n'aura pas retrouvé les lettres qui manquent ! » La fillette prenait son temps, faisait semblant de fouiller la classe avec les autres, et finissait par brandir le E et le C qu'elle avait savamment cachés derrière un meuble une heure plus tôt. L'adulte louait ses efforts, la citait en exemple. Bons points, médailles, félicitations sur le bulletin étaient les friandises que je collectionnais.

Combien de nuits blanches plus tard, à m'inquiéter de l'approbation d'un supérieur hiérarchique ? Combien de réunions à briguer les encouragements d'un client, à espérer l'enthousiasme d'un collaborateur ? Au travail comme en amour, je guettais mes taux de satisfaction. Les « je t'aime » distribués comme des étoiles sur une application téléphonique. J'avais beau faire, je ne pensais qu'à ceux qu'on ne m'avait pas accordés. Les sourires de mon père, ses yeux sombres soudain brillants qui se fendent. Sourires si rares que je peux les compter.

À la fin de l'été, Jean me proposa de l'accompagner jusqu'à la forêt brûlée. Il y était revenu plusieurs fois en secret. Assis sur un arbre couché, il contemplait le désastre. Sur la terre poussiéreuse, des traces de cire et de résine fondue s'étalaient autour des pins dressés, coulées de lave, langues noires ou grises qui resteraient stériles pour des centaines d'années. On se serait cru sur la Lune, aux abords d'un cratère. Les forestiers s'étaient contentés de nettoyer la surface des débris carbonisés, avant de sermonner Jean à nouveau.

Nous décidâmes d'y monter ensemble à l'automne prochain, chargés de pioches et de sacs de terreau, de graines et d'arbustes. Nous rêvions de pique-niquer un matin parmi les jonquilles, à l'ombre d'un petit noisetier planté par nos soins. Telle une scientifique en mission, j'immortaliserais nos travaux grâce à mon vieux Leica. Nos efforts seraient passionnés et assidus. Au début, nos visites nous laisseraient, bien sûr, un goût amer. Notre application nous semblerait vaine, autant essayer de faire pousser des roses sur la plage ! Pourtant, à force de retourner la terre cendreuse, quelque chose émergerait. Chaque dimanche, comme d'autres vont à la messe, nous arroserions ce qui voudrait renaître, et bientôt une mousse grasse et humide recouvrirait les trous que nous aurions creusés, tandis que des taches vert acide perceraient l'écorce des troncs brûlés. Des feuilles brillantes et minuscules, comme des pièces de cinq centimes, danseraient au sommet. Je savais qu'il fallait attendre au moins trois ans avant que la bruyère ne refleurisse, mais les faucons rôdaient déjà dans les parages, témoignant de la présence de petit gibier. La vie reprendrait, des troupeaux entiers de pottoks reviendraient, des baies à l'encolure abondante s'approcheraient pour venir manger dans nos mains. Et lorsque nos pas s'enfonceraient de nouveau dans le sol devenu meuble, nos visites s'espaceraient…

Un jour, Jean l'oublierait, la forêt ne l'attirerait plus. Notre jardin-forêt saurait se débrouiller seul, les pousses de châtaignier, les sureaux et les arbousiers, le cresson comme les graines de pissenlit s'en sortiraient sans nous.

Nous avions commencé, la nature ferait le reste.

Revanche

Effets de réel

> « Rien ne devient réel avant qu'on en ait l'expérience – même un proverbe n'est pas un proverbe avant que votre vie n'en ait donné l'exemple. »
>
> KEATS

Si, dans l'étrange marché de Wuhan, un Chinois n'avait pas mangé cette soupe de chauve-souris, ce ragoût de pangolin, à moins que ce ne soient les fruits de mer de ce marché, ou encore un serpent ayant lui-même dévoré la fameuse civette contaminée, nous n'en serions pas là.

Je ne serais pas partie en Bretagne, me réfugier au bord de la mer, je ne contemplerais pas pour de bon ces vagues grises et vertes, je serais en tournée quelque part entre Amiens et Sainte-Maxime, nous n'aurions pas à subir ce confinement mondialisé, et je n'aurais pas découvert la triste réalité sur mon couple.

Je ne remplacerais pas le maître d'école chaque matin, et ne m'épuiserais pas à inventer toute sorte de stratagèmes pour que les enfants s'intéressent aux compléments circonstanciels, je ne détournerais pas l'attention des vigiles dans les magasins pour que les petits puissent m'accompagner faire les courses, je ne parlementerais pas avec les policiers municipaux pour qu'on les laisse jouer dans l'herbe ou s'asseoir sur un banc, je serais dans un train, côté fenêtre, j'accompagnerais virtuellement Emma dans sa fuite, avant de me repaître des applaudissements du public, je n'aurais pas découvert la triste vérité sur mon couple.

Les enfants me manqueraient évidemment, leur père aussi, je l'appellerais en pleine nuit, l'écouterais jusqu'à ce que le sommeil revienne, je ferais tout cela et tant d'autres choses encore, car je n'aurais pas découvert la triste vérité sur mon couple.

Les amants auraient continué de se voir à l'heure du déjeuner ou plus tard, prétextant un dîner d'affaires, un spectacle à aller voir. Durant les vacances, ils auraient jonglé avec nos absences, la mienne et celle des enfants. De mon côté, au lieu d'enchaîner les nuits d'insomnie, j'aurais pris plaisir à poursuivre mon récit, à raconter la nouvelle vie d'Emma Auster et l'histoire de cette femme qui rêve de disparaître, sans m'étonner de l'aspect prémonitoire de mon *Jeu des si*. Mais il avait fallu que je sorte ce jour-là, car il faisait beau, que je descende dans le jardin – c'était le début du printemps.

J'ai descendu dans mon jardin,
J'ai descendu dans mon jardin,
Pour y cueillir du romarin…

Alors que j'allais bientôt fouler l'herbe de mes pieds nus, je m'arrêtai au milieu des escaliers, l'entendant parler avec cet accent anglais qui m'avait fait flancher, il y a vingt et un ans, moi qui, malgré mon désir impérieux d'avoir des enfants, préférais l'amitié de Thomas Mann et de Tarjei Vesaas aux feux de l'amour. À l'époque, je m'épuisais au théâtre, enchaînant répétitions et représentations jusqu'à onze heures du soir, avant de m'enfermer à double tour dans mon deux pièces tranquille et confortable. Je n'avais personne à qui raconter mes joies et mes peines, personne avec qui dîner au restaurant, me faire une toile, ni partir en week-end, mais j'étais à l'abri. *Tranquillas etiam naufragus horret aquas.* J'avais déjà traversé quelques tempêtes et être épargnée était ce qui comptait désormais : *Pourvu qu'il ne m'arrive plus rien !*

Il se tenait caché derrière la haie qui borde les escaliers, tandis que je restais perchée sur les dernières marches, hésitante. Devais-je continuer à l'écouter ou rebrousser chemin sur la pointe des pieds, ne surtout pas chercher à en savoir davantage ? C'était probablement à un ami que s'adressaient ces paroles de réconfort. Les premiers chiffres venaient d'être publiés, et même les plus sceptiques, frappés de nosophobie, n'en menaient pas large.

Dans cette dystopie pour adolescents, un simple rhume, un mal de gorge risquait d'abriter le virus tueur dont la propagation suivait le rythme fou des vingt heures télévisés. Au lieu de ressasser inutilement nos angoisses et nos peurs, nous avions donc intérêt à nous serrer les coudes et à trouver les bons mots, me persuadai-je, avant d'apercevoir son visage, derrière le feuillage. Rassurait-il un camarade ? Un collègue bloqué à Paris ? Sa tête légèrement inclinée sur le côté, la main qu'il passait dans ses beaux cheveux roux, et ce curieux sourire flottant sur ses lèvres me disait que non ; selon toute apparence, il s'agissait d'autre chose.

Depuis l'enfance, j'étais exercée à percer les silences trop lourds, j'avais appris à les reconnaître. Aujourd'hui encore, en pénétrant dans une salle de réunion, une salle à manger familiale ou même une maison étrangère, je percevais mieux que quiconque la trace d'une dispute dans l'atmosphère, la résonance des reproches. Son trouble et sa fébrilité me sautaient à la figure, j'aurais pu les attraper comme les fils d'un cerf-volant.

« *Soleil secret du cœur qui n'est que pour nous deux.*
Demeure mon amour heureux et malheureux... »

Le doute, bien sûr, aurait pu perdurer, il était encore temps de m'éclipser, de repartir telle que j'étais venue, candide et légère, malgré ce confinement qui débutait, et les tristes nouvelles de l'épidémie qui se succédaient à la radio. Mais – va savoir pourquoi – je décidai de m'asseoir derrière les branches pour écouter... Cruelle impression d'être dans une comédie de boulevard. *La Folie des grandeurs*. La scène où Louis de Funès croit faire sa déclaration à la jeune reine, ignorant que, de l'autre côté de la haie, c'est l'affreuse duègne qui a pris sa place. Depuis ma cachette, je guettais, le cœur engourdi par la peur. Je savais que je n'aurais pas dû. *Viens, on va les espionner !* L'exercice me rappelait mes dix ans, quand nous rampions, mes frères et moi, de la cuisine au salon, à l'affût d'improbables révélations. Qu'allions-nous apprendre des invités ? Que signifiaient leurs rires gras, ces gloussements qui fusaient de la bouche des femmes ? À force d'écouter leurs blagues, de capter leurs messes basses, les mots bizarres finiraient par s'éclaircir et, bientôt, ces histoires seraient aussi savoureuses pour nous qu'elles l'étaient pour eux… En attendant, leur drôle d'excitation devenait la nôtre.

Impossible d'en rester là. J'avais beau me raisonner, me dire que j'avais passé l'âge de ces enfantillages, dans son attitude, quelque chose me happait. Son rire, la façon dont il avait bougé sa tête, la nervosité de ses doigts caressant le fil du téléphone ?

Comment expliquer sinon ce coup de fusil dans ma poitrine ?

À cet instant pourtant, rien d'irrévocable ne s'était produit. Seule la texture de l'air avait changé, plus euphorisante qu'au début d'une nuit blanche. Il acquiesça à deux reprises aux propos de son interlocutrice – sans qu'il l'ait nommée, je savais qu'il s'agissait d'une femme. Sa sœur, espérais-je... Une amie de longue date ? L'associée de son cabinet d'architectes sans doute. « Tu te trompes ! » protesta-t-il soudain. Le pressentiment d'un terrible secret se confirma bientôt. Après un court silence, il lança : « Mais non voyons, je ne vais pas t'oublier. As-tu reçu ce que je t'ai envoyé ? Je t'aime, je t'aime... ne t'inquiète pas, je t'aime, tu entends... » La brutale déréalisation de l'espace et des choses autour de moi me saisit à la gorge. Avec une synchronicité étonnante, un énorme nuage noir assombrit notre carré de jardin. Inutile d'accuser le décor ou la météo, cette formidable nausée n'était le fruit que de ma propre insignifiance. J'avais été sourde et aveugle, mon envie de défaillir ne provenait que de cette révélation intérieure. Une autre femme m'avait bel et bien remplacée. Depuis combien de temps ?

Passé quelques secondes d'effroi, je me mis bêtement à descendre les escaliers sur les fesses. Mon seul réflexe, alors que je me tenais au bord du vide, était de rejoindre la terre ferme. Pour franchir une à une les marches me séparant de lui, je m'appuyais sur mes mains comme un gosse qui apprend à marcher. Tout à ses retrouvailles téléphoniques, il ne m'avait pas vue. J'étais pourtant à découvert. Immobile certes, mais debout – malgré mes jambes coupées et la sensation douloureuse d'avoir des pieds en bois. Je me tenais à gauche, dans son champ de vision.

J'avais une dernière chance de jeter l'éponge, de m'enfuir, on m'avait accordé pour un instant encore le don d'invisibilité. Il ne me restait plus qu'à retourner d'où je venais. Mon corps pourtant s'y refusait, espérant qu'on le remarque enfin. C'était à moi de rompre le charme, de refaire surface sous la glace. « Qu'est-ce qui se passe ? » parvins-je à articuler d'une voix blanche. Il sursauta, se leva et, dans un réflexe absurde et enfantin qui ne faisait que l'accuser davantage, dissimula le téléphone portable dans son dos. « Donne-le-moi ! Donne-le-moi ! » lui chuchotais-je – je ne voulais pas que les enfants entendent. Il reculait, blême. Et, tandis que des insultes, des insultes murmurées, fusaient de ma bouche, je le suivais pas à pas. Comme aspiré de l'intérieur, son visage parut se creuser d'un coup, sa peau devint subitement aussi grise et ridée que celle d'un vieillard. « Arrête ! Tais-toi ! » La seule chose qu'il trouvait à me dire, c'était de la boucler. « Chut ! Non… Tais-toi ! » Voilà ce qu'il exigeait de moi : n'accorder aucune foi à ce qui venait de se passer. Si je ne parlais pas, rien de tout cela n'existerait. Il suffirait de couper la séquence au montage, et nos vies reprendraient aussitôt leur cours, inchangées. Sa force de conviction m'ébranla, je me mis à douter. Cette scène de ménage était-elle bien réelle ? Voilà plus d'une semaine que nous vivions dans un Survival post-apocalytique, à la différence près que dans ce scénario-là, aucun prophète mutant n'assisterait à la destruction de notre jolie planète, seul le confinement nous permettrait d'échapper au chaos. Ce fléau au nom de satellite artificiel ne sortait ni d'un esprit vengeur, ni du cerveau dégénéré d'un tyran, la technologie 5G n'était pas plus responsable qu'un dirigeant de laboratoire chinois avide de pouvoir, « Covid-19 » s'était répandu sur la terre par notre modeste entremise. Et rien ne l'arrêterait.

J'avançais vers lui, la main tendue, réclamant le téléphone pour y lire un nom, un numéro, une preuve tangible de l'échange que je venais d'interrompre. J'avançais, suppliante. Inflexible, il reculait. Comme des enfants jouant à « Chat marché », nous fîmes ainsi plusieurs fois le tour du jardin. L'arbre au centre de la pelouse, les centaines de fleurs bleues dans l'herbe, la maison elle-même ne signifiait plus rien. Idée d'arbre, illusion de murs – si je m'y appuyais, ils s'écrouleraient avec moi. Nul besoin d'appeler à l'aide. Les rares promeneurs qui passaient derrière le portail n'étaient que des ombres fuyantes, à peine vus déjà disparus. Je menaçais bêtement d'aller tout dire aux enfants. Cette menace suprême aurait dû déclencher sa reddition. Mais il ne bronchait pas. Cachant toujours le téléphone dans son dos, l'air buté, il attendait que je renonce. « Donne ! Donne-le-moi ! » répétais-je. Malgré ma voix étouffée – que je m'efforçais de maîtriser –, la femme à l'autre bout du fil m'entendait-elle ? Assistait-elle à ma peine ? Je ne leur avais pas laissé le temps de raccrocher. J'étais certaine qu'elle tendait l'oreille, se félicitant du tour que prenait la situation.

« Donne-le-moi !

— Tais-toi !

— Donne-le-moi, connard !
— Non ! »
Je l'imaginais riant sous cape devant son miroir comme une sorcière de Disney. Oui, notre duel commençait à peine, qu'elle s'en amusait déjà. Autant quitter d'emblée le champ de bataille, me dis-je sans héroïsme. Anéantie d'avance par cette rivalité écrasante, je décidai – à son grand soulagement – de jeter l'éponge : *Qu'il garde l'arme du crime.* « Je me fiche de ton téléphone ! » criai-je après un dernier tour de piste. Je remontai les escaliers, le cœur et les mains vides. Ou plutôt une sorte de double les gravissait à ma place. Impression de jouer dans un film et d'ajuster l'objectif en même temps. D'être devant et derrière la caméra. En contre-plongée, je me voyais ouvrir la porte, entrer dans le salon, plus démunie qu'une invitée sans fleurs ni dessert, une pauvre gourde qui se serait trompée de jour. Cette fille ne me ressemblait pas, pâle copie de l'original, elle hésitait sur le seuil de la cuisine. Que pouvait encore offrir ce double sans consistance ? Que possédait-il désormais, sinon les amers échos de ces je t'aime : « Ne t'inquiète pas, je ne vais pas t'oublier, je t'aime, tu sais, je t'aime… »

Aller dans la salle à manger, retourner au salon, s'enfermer dans la salle de bains ? Je cherchais en vain la cachette idéale pour y ravaler ma colère. Ma gorge me faisait mal comme si j'avais mordu à pleines dents dans du cristal, je tâchais d'absorber les éclats, œsophage, estomac, intestin, je pouvais suivre la trajectoire du verre pilé dans mon organisme. Un éclair de douleur me cloua sur place, si seulement les spasmes pouvaient expulser l'angoisse avec le reste. *Souffle ! Pense à un accouchement. Allez, souffle ! Plus fort ! Ne pas plier, ne pas s'asseoir dans un fauteuil pour se mettre à pleurer.*

Assise, debout ou allongée, à quoi bon feindre encore ? J'ai perdu le contrôle. Et ce ne sont pas ces ridicules bouffées claustrophobiques qui y changeront quoi que ce soit.

Prendre la fuite ? Impossible, en ce début de confinement. Ou seulement pour une heure. Les flics ont, paraît-il, reçu le mot d'ordre d'être intraitables avec la paperasse, ils ne concèdent aucune minute supplémentaire. Ne pas oublier de signer l'autorisation de sortie ! Et ensuite ? *Ensuite, il faudra revenir, quoi qu'il arrive…*

Passeport en main, j'aurais voulu partir pour un grand voyage. Je devais me contenter du kilomètre réglementaire. Dans la rue, investis de leur nouvelle autorité, deux policiers masqués arrêtaient chaque passant : « Votre autorisation de sortie dérogatoire, s'il vous plaît ? Ah, je vois que vous avez coché produits de première nécessité, alors je vais vous demander d'ouvrir votre sac. »

Coincée. Simuler l'indifférence. Confinée. Le mot évoquait un rapt, il empestait l'éther. Ne me restait plus qu'à cautériser la plaie, et continuer d'avancer. 30, 31… Un pas après l'autre. 1501, 1502, 1053… 1678 pour faire l'aller-retour jusqu'à chez moi.

Personne n'avait remarqué mon absence. À mon retour, Paul et Nina étaient hypnotisés par un dessin animé. Je disposais encore d'une bonne demi-heure pour me recomposer. Je me félicitais d'avoir ces yeux clairs et fragiles qui m'obligeaient à porter souvent des lunettes teintées, les petits y étaient habitués. Derrière mes verres fumés, la tristesse et les rougeurs passeraient inaperçus, je pourrais plus facilement retenir mes larmes jusqu'au soir. Les enfants du moins ignoreraient ma peine, c'était ce qui comptait.

Passer l'aspirateur, étendre une machine, en faire partir une autre… Je traversais la journée dans le brouillard, une mère mécanique aux gestes rodés avait pris les rênes à ma place. Les restes de moi couraient derrière. « Qui m'aide à mettre la table sur la terrasse, maintenant que les nuages ont disparu ? » *Pourquoi fait-il toujours beau dans les catastrophes ?* Avec un ciel si bleu, nous n'aurions dû vivre que des choses agréables.

Le vent breton au moins n'était pas indifférent, son souffle tiède savait si bien chasser l'angoisse. Je cessais de m'agiter pour goûter ses caresses, plus douces sur ma peau qu'un baiser… J'aurais voulu le saisir, l'embrasser à mon tour, remercier cette brise d'être venue m'adresser des témoignages de son affection.

Savoir profiter malgré tout d'un déjeuner au soleil, puis ranger, faire la vaisselle, l'essuyer après avoir corrigé les devoirs, énoncé la dictée… suivre le programme du jour, quoi qu'il en coûte. *Un étranger fraîchement débarqué n'y verrait que du feu*, me rassurais-je. Nous ressemblions pourtant à des acteurs de série B ne s'autorisant que chuchotements et regards fuyants. Chacun s'affairait de son côté, refusant obstinément de sombrer dans le mélo. Bon ou mauvais, le film resterait de toute façon bloqué sur pause. Le confinement ne faisait que commencer. *Le temps, le temps et rien d'autre…* La chanson d'Aznavour tournait dans ma tête. Combien de temps pourrais-je tenir sans sortir, sinon pour acheter des yaourts et des frites surgelées ? Combien de jours, de semaines, serais-je capable de le supporter ?… *Avec le temps, va, tout s'en va… Avec le temps…* Aucune horloge sur la cheminée, dans la cuisine ou au pied de l'escalier, pourtant, à l'intérieur de mon crâne, les heures s'égrainaient lentement, et ces coups sourds, incessants s'accordaient aux cris des enfants. Se tenait-il enfermé du matin au soir dans son bureau pour ne pas les entendre ?

« Maman, elle m'a tapé !

— C'est lui qui a pris mes affaires…

— Ce sont aussi les miennes ! J'aimerais que tu n'existes pas ! »

Qu'est-ce qui les obligeait à prendre en charge nos sanglots ravalés, nos disputes et nos rancœurs ? Pourquoi s'écharpaient-ils ainsi à notre place ?

Leur donner le bain, laver leurs cheveux, ne pas oublier de chasser les poux. En faire un jeu : « Qui veut compter les petites bêtes avec moi ?

— Pas moi !

— S'il te plaît… Alors laisse-moi au moins mettre du produit, sinon vous en aurez encore quand vous retournerez à l'école.

— Mais c'est là-bas qu'on les attrape, Maman ! Et d'ailleurs, quand est-ce qu'on y retourne ?

— Je ne sais pas. On verra lundi. Le président de la République a promis de l'annoncer dans le journal du soir… »

A-t-il pensé à moi ? À nous ? Lorsqu'il la serrait dans ses bras, rien qu'un instant, un court instant ? Il ne se sépare jamais de son alliance, alors avant de l'embrasser, a-t-elle hésité ? Senti naître un soupçon d'empathie, vite étouffé, sous les baisers ?

Après avoir fait l'amour, se sont-ils inquiétés de ce qu'il adviendrait ensuite ?

L'essentiel de ce 21 mars : le nombre de contaminations liées au Covid-19 dans le monde a désormais passé la barre des 250 000. Le coronavirus a tué plus de 1 100 personnes. Le décompte sur mon téléphone ne s'arrête pas parce que je l'ai entendu déclarer sa flamme à une autre.

Les gens n'en finissent plus de mourir à la radio, et je ne pense qu'à la façon dont il l'écoutait parler dans l'oreillette, à la manière dont il lui souriait, en lissant ses cheveux. J'ai beau essayer de me concentrer sur les commentaires alarmistes des journalistes, je ne cesse d'entendre ces « je t'aime » qui ne m'étaient pas destinés.

« Qui veut de la sauce tomate ? Tu préfères du beurre ou de l'huile d'olive dans tes pâtes ? »

Tout semble se dérouler normalement. De drôles de silence s'installent parfois, notre fébrilité nous rend maladroits, une bouteille de vin se répand sur la nappe en plastique, un verre se brise sur le sol de la cuisine. Son regard est vide ou au contraire empli de cet effroi communicatif que je décelais si souvent dans les yeux de ma mère.

Mais je me force à rire, à m'enthousiasmer devant un dessin d'enfant, à écouter leurs musiques. « Maman, regarde-moi. Danse ! Mais si, danse ! Essaie au moins ! » *Suis-je dans le rythme ?* Paul continue de jouer, de rire, et sa sœur de désobéir… Accrochés à la routine du quotidien, se rendent-ils compte de quelque chose ?

Mon histoire de forêt brûlée était vraie, en définitive. Même si c'est moi qui suis carbonisée. Ce matin, une bombe a explosé dans notre jardin, les dégâts sont considérables, bien qu'invisibles en apparence.

Si je me refuse à employer les mots d'usage – « liaison » ou « adultère » –, c'est qu'ils sonnent faux. « Infidèle » et « maîtresse » sont obscènes, nous ne sommes pas dans une pièce de Feydeau. Abandon, mensonge, trahison ? Peu importe, cela me rassure que la douleur ne déborde pas, mais reste gelée tout au fond, contenue dans son vase. Secrètement, j'aspire pourtant à lui donner plus de consistance. Pourquoi passe-t-elle toujours inaperçue ?

J'aimerais que quelqu'un se gare devant chez nous – le facteur ou la boulangère, même le policier qui vérifie nos autorisations de sortie ferait l'affaire –, qu'il ou elle entoure mes épaules, que je puisse m'accorder une trêve (à force de le cacher, mon chagrin s'est barricadé). Dans des bras anonymes, parviendrais-je enfin à pleurer ?

Surgissant derrière la haie, le voisin se porte volontaire pour exaucer mes prières. Nous nous étonnons ensemble des rues désertes, du chant décomplexé des oiseaux, du ciel sans avion, mais je ne lui livre rien de ma peine, ses yeux cernés me disent qu'il a bien assez à faire avec la sienne. De toute façon, je préfère souffrir dans mon coin, plutôt que de subir la présence inutile d'un témoin, et chacun sait que rêves ou cauchemars n'intéressent que celui qui les fait. À quoi bon s'embarrasser d'un confident ? Il prend congé de loin, distance sociale oblige. Me forçant à sourire, j'imite ses saluts asiatiques. Ces salamalecs semblent lui plaire car il insiste. S'incline et s'incline encore : « Au moins, on ne risque pas de se faire écraser par une voiture !

— AH AH AH AH !!.... » Je ris trop fort et trop longtemps, sa réflexion idiote ne mérite pourtant pas un tel enthousiasme. Ou peut-être que si ? En d'autres circonstances, aurais-je trouvé sa sortie à mon goût ? Je m'aperçois que j'ai complètement perdu le curseur. Depuis quand ?

Plus jeune, on me trouvait toujours d'humeur égale. Lorsque je regarde de vieilles photos, tristesse ou joie sont absentes. Pour chaque événement, j'affiche la même expression : je souris. Colonies de vacances, voyages scolaires ou en famille : je souris. Dans l'appartement qui m'a vue grandir, comme dans les locations qui ont suivi : je souris. Un sourire de Joconde, léger, en demi-teinte, peu importe ce qui s'était produit ce jour-là.

Sous ma peau claire, presque transparente, j'ai beau trembler de désir, de colère ou d'effroi, mon apparence reste lisse. Une mer d'huile, d'un bleu lumineux, résolument opaque. Le bleu argenté du regard d'un nouveau-né.

À force de les écarquiller, mes yeux d'aveugle finiront bien par saisir une couleur vive, percevoir quelque forme nette. Une silhouette aimée parfaitement découpée.

Toute la semaine, je ne pense qu'à ce moment, celui des explications. Nous sommes épuisés. Il est tard, mais je m'assois sur le lit et, sans plus de détour, lui demande :

« Que comptes-tu faire ? »

Ma question le désarçonne, elle a l'air déplacée.

« Nothing…

— Rien ?!

— Mais non… Que veux-tu que je fasse ? »

À moi donc, de trouver les réponses. Inutile d'espérer une vraie conversation, d'obscures justifications. Son silence n'empêche pas les questions d'affluer dans ma tête. Au contraire, il accentue l'hémorragie. J'aimerais lui montrer mon désarroi, le forcer à toucher l'entaille, y enfoncer ses doigts, mais il ne me regarde pas. Ses yeux se perdent, tandis que les miens s'acharnent à mesurer le vide qui nous sépare. Il ne m'aidera pas. Il me faudra chercher seule la solution du problème.

Après ce temps de flottement, alors que je prévois de descendre m'alcooliser dans la cuisine, il ajoute tout de même d'une voix blanche : « Ce que tu as entendu au téléphone, je ne le pensais pas. J'ai seulement dit les mots qu'elle avait envie d'entendre. Rien d'autre… »

J'insiste : Venant de lui, ces mots ne pouvaient être des paroles en l'air. Je n'aurais pas dû le contredire, subitement il élève le ton. Je le supplie d'arrêter, il va réveiller les enfants ! Il sait que je suis prête à tout pour ne pas les heurter. L'arme n'est pas nouvelle, dans des circonstances plus ordinaires, il a déjà éprouvé sa force de pression inégalable. Sans surprise donc, je coupe court, et change de tactique, à la recherche d'une date. J'ai besoin de connaître le début de l'histoire. Et voilà que nous comptons comme des apothicaires les jours, les mois de « cette romance ». Car il ne s'agit pas d'une passade ; peut-on pour autant parler de double vie ? À partir de quel moment emploie-t-on ce terme ? Un an, ou plus ? L'expression me paraît absurde, désuète. Je ne l'ai pas entendue depuis longtemps. « Mon mari a une double vie… » Je réfléchis. Si je trouve le bon vocable, est-ce que ça changera quelque chose ?

J'aimerais mettre le dictaphone de mon téléphone en marche, mais n'ose pas. Si seulement je pouvais garder une trace de cet échange, en le réécoutant, sans doute le comprendrais-je.

« *Devant, c'était le mensonge intelligible et derrière, l'incompréhensible vérité.* » La phrase de Kundera ne cesse de tourner dans ma tête, interrompant notre face-à-face à voix basse.

« Ne nous trompons pas de sujet, l'origine du mal, c'est notre distance ces derniers temps… » me lance-t-il d'un ton accusateur, *devant, c'était le mensonge intelligible.* Ses faux prétextes glissent sur moi. « Quoi qu'il en soit, tu ne dois pas t'arrêter à cet incident… »

Après d'autres arguments confus assénés sans conviction, émerge une courte affirmation qu'il laisse résonner comme la seule certitude :

« Je n'imagine pas ma vie sans vous… », *et derrière, l'incompréhensible vérité.* Je le regarde, étonnée. « Oui, c'est un fait, however hard it is to believe, souligne-t-il en me regardant enfin dans les yeux. Rien ne saurait remettre en question l'engagement que j'ai pris envers toi. »

La déclaration vient aussitôt se loger dans ma poitrine. Je ne peux m'empêcher d'y croire. J'ai la naïveté d'un chercheur d'or débutant, prisonnier de « ma ligne d'or ». M'accrochant à la première paillette trouvée dans la vase, j'enfonce inlassablement mes mains glacées derrière chaque obstacle, là où l'eau ralentit. Happée par son éclat, je finis par plonger tout entière au plus profond de la rivière, je me laisse porter, et vois défiler les années. Je les ai connus aussi, ces rendez-vous d'amour. Sa main, avant de toucher la mienne, s'est d'abord posée sur mon épaule. Avec une timidité incroyable, ses doigts ont effleuré ma peau nue, et ce geste, tandis que nous dînions un soir de novembre dans un restaurant londonien, a scellé le début de notre histoire. Je les comptais par milliers, ces nuits enlacés, aussi aimantés que les parts retrouvées d'un même corps. Par centaines, les hôtels où il m'avait rejointe au milieu d'un tournage, Orléans, Bruxelles, Ajaccio… En flux dense, continu, les images se succèdent, et je laisse mon esprit flotter au gré du courant. Je m'attarde sur certains souvenirs, ils m'aident à ne pas couler, mes bras les entourent, s'y accrochent comme à des bouées colorées, dommage que je doive laisser filer la plupart, j'aimerais les saisir toutes, au risque de me noyer. Laquelle choisir, il y en a tant… J'en garde précieusement une contre moi, avant de la rejeter, pour en attraper d'autres : ce réveillon de Noël, où nous avons enchaîné les Bellini au Raffaele, retour chaotique à l'hôtel, nous tanguons dans les rues de Venise, plus soudés que jamais au milieu des touristes. Le désir de les fuir nous guide. Dédale dans le quartier de Dorsoduro, Rio de San Barnaba, le pont pour rejoindre Calle de le Pazienze, maisons rouge et ocre, une vierge de Capitelli nous sourit et nous bénit, Chiesa di Ognissanti, Calle dei Frati, les boutiques de masques, les papeteries anciennes se ressemblent toutes… Dîner en tête à tête dans notre chambre pour faire l'amour, encore et encore. Nous dissimulons au concierge les antipasti dans un sac en plastique. La bouteille de chianti glisse sous ton manteau en franchissant la réception. Notre réveil tardif le lendemain, le soleil inonde notre mansarde. D'une blancheur irréelle, nos corps nus s'agitent dans la lumière de l'hiver. Nous entassons nos affaires à la hâte pour ne pas rater l'avion. Depuis notre minuscule lucarne en forme de trèfle, nous regardons une dernière fois les rues de la Sérénissime enneigées avant de nous précipiter dehors. Ignorant les regards désapprobateurs des riches clients, nous faisons la course dans le couloir. Impossible de laisser le gui porte-bonheur offert par la maison, aller-retour, en riant comme des enfants fous. Ta promesse à l'aéroport : « Je ferai tout ce qui est en mon pouvoir, pour que, pas un instant, tu ne puisses regretter ta vie avec moi. » Le jour du mariage, le sentiment persistant d'avoir oublié quelque chose. Sur des feuilles déchirées, nous écrivons à toute vitesse les noms des invités. Amusés d'avance par les rencontres improbables que notre médiocre organisation va à coup sûr provoquer, nous déposons les petits papiers sur les tables, au hasard. Le dernier nom distribué, amis et familles arrivent déjà pour festoyer. Lire la stupéfaction sur les visages en découvrant leurs places, l'enthousiasme suscité par l'opportunité d'un rapprochement pour les uns, l'ennui appuyé chez les autres : pourquoi elle, pourquoi lui ? Dans notre précipitation, aucune règle n'a été respectée. Et soudain le temps ralentit, nous qui pensions le maîtriser, quatre années s'écoulent sur lesquelles on ne peut rien. Quatre années à pleurer un enfant qui n'arrive pas. Le traitement rend mes cheveux gras, ma peau aussi acnéique qu'à l'adolescence. Et ces bouffées d'angoisse quand je sors dans la rue. Comment apaiser ce type en manque qui hurle de rage contre lui-même ? Que faire pour ses gamins hébétés par le bruit du métro, allongés sur un matelas puant ? Mon sentiment d'impuissance me suit à la trace. Apparemment, je ne suis pas la seule : après avoir raté sa piqûre, l'infirmier débutant réclame une seconde chance, mais renverse le reste de la potion magique par terre. Voilà mes chances d'ovulation réduites à néant. Comme si mon injection d'hormones était récupérable, le pauvre soignant se jette sur la moquette. Et entaille mon ventre avec le flacon. Ce n'est pas le sang sur ma cuisse, mais ses excuses qui me font pleurer. Dans tes bras, je brûle d'impatience, savourant le plaisir démultiplié quand nous faisons l'amour. Ma respiration s'emballe déraisonnablement sous tes caresses, mon corps exulte de te garder si longtemps dans sa peau. Nos cœurs battent à l'unisson, s'affolent, se précipitent l'un vers l'autre, s'apaisent lorsqu'ils se trouvent enfin. Et un matin, le miracle finit par s'accomplir : « Enceinte ! Enceinte ! Enceinte ! » Combien d'heures l'ai-je clamé sans pouvoir m'arrêter ?

Je refuse de lâcher ce souvenir-là, je le tiens serré contre ma poitrine, je ne l'abandonnerai pas au courant trop vif. Peu importe que je sois la seule à me rappeler. L'aube vient de se lever, et moi avec elle. Je regarde la Lune pâlir au-dessus des toits, mer grise de zinc et d'ardoise, la vue de ma fenêtre ressemble à un décor de cinéma, celui d'une comédie musicale tournée en studio. *Chem, cheminée, chem, cheminée*... Dans mon ventre, notre fille se réveille en donnant des coups de pied, et soudain mes jambes sont inondées, je crie : « Appelle un taxi ! Je crois que je perds les eaux ! » Quatorze heures sans lâcher ta main. Tes larmes sur mon épaule. Surgissant des rideaux blancs de la salle de réveil, le corps minuscule rendu par la sage-femme, ses yeux transparents fixés sur nous, et sa bouche étroite qui cherche ma peau. De retour à la maison, le sol se dérobe sous mes pieds. En franchissant le seuil de l'appartement avec mon couffin, je suis prise de vertiges. Bouffées de solitude dans le salon. Quels gestes attend-elle de moi ? Comment la rassurer ? Ne pas se tromper, ou pire l'abîmer ? Ma joie se heurte à cette triste constatation : aucun aïeul n'est là pour me montrer le chemin. Mais il y a tes mains pour la tenir, tes mains immenses pour contenir et apaiser cet être fragile. Je m'aperçois qu'en grandissant, je peux aussi compter sur elle, sur son désir de bien faire, sa volonté de te ressembler – jusqu'à peindre ses cheveux à la gouache pour obtenir ce roux qu'ingénument elle t'enviait. Compter sur notre désir de bien faire, oui je peux me fier à ces liens que nous avons mis tant d'ardeur à tisser, malgré les déceptions, les déchirures, malgré les disputes à voix basse, leur goût de sang persistant dans la bouche, viennent toujours nos retrouvailles maladroites, embarrassées d'une nouvelle pudeur. Chacun observe l'autre à la dérobée, le regard dessillé. Cette détestable lucidité n'empêche pas l'amour de s'épanouir. Nourries d'une tendresse plus aiguë, les racines n'ont cessé de grandir, plus solides qu'on ne l'aurait cru, elles s'enfoncent généreusement en nous. Fruit de ces miracles, nous fêtons bientôt l'arrivée d'un garçon, je suis subjuguée par sa douceur. Sa main se tend vers moi quand je l'allaite, ses doigts minuscules s'efforcent chaque fois de caresser mon cou, semblant me remercier de n'avoir pas baissé les bras.

L'homme de l'allumette

Notre petit dernier affiche un sourire espiègle, il a une peau de lait, de minuscules gouttes de sueur recouvrent son front quand il dort. Sur ses tempes, au réveil, j'admire ces perles de rosée, bleu irisé, la perfection de son nez, de ses oreilles minuscules. Je passe mes journées penchée sur son berceau à écouter ses soupirs. Je redoute une suspension durant son sommeil, son souffle continu est ma plus grande joie.

Années lentes, sans vertige. Charriant des désirs plus sombres, le courant vif et clair a disparu, nous avons quitté la rivière cristalline, et naviguons désormais sur l'eau d'un lac très profond, verte et dormante, presque phosphorescente. À sa surface, nous regardons nos visages se remplir de rides. Malgré les remous qui sournoisement nous agitent, la traversée est paisible. La nuit, l'appréhension se dissipe quand nous faisons l'amour. Nos bras s'ouvrent, bien que nous ressemblions déjà à de vieux danseurs. Mais si nos gestes sont lourds, dans nos têtes, nous dansons mieux que personne.

Embrassant d'un seul regard la destination, nous étions, au début, partis d'un bon pas. Sans le vouloir, nous avons quitté la route toute droite, et voilà que nous courons sur deux parallèles, séparés par un gouffre étroit. Je me persuade que ce n'est rien de grave, *une simple faille*. Mon idéal de bonheur n'est-il pas de lire tard le soir en laissant la porte entrouverte – comme l'exigent les enfants qui ont peur du noir – pour mieux entendre l'autre s'agiter dans la pièce à côté ? Juste à côté…

Mais la distance, quoi qu'on fasse, grandit sans cesse. Les lignes ont fini par se tordre, et chacun s'est mis à suivre la sienne. Routes sèches et caillouteuses qui serpentent et s'éloignent. À croire que nos chemins ne se rejoindront plus.

Je me souviens pourtant d'un geste, il y a des années de cela. D'un geste comme une promesse. À la fin d'une cérémonie religieuse à laquelle nous venions d'assister, les enfants de l'assemblée avaient distribué à chacun une allumette : « Pour rester droit, comme elle… » nous murmura l'un d'eux, en écho à l'homélie du prêtre. La plupart ont fini dans le caniveau, ou au mieux, sur les marches du parvis de l'église, d'autres ont banalement servi à allumer une cigarette. Toi seul as délicatement enveloppé l'allumette dans un kleenex et l'as calée au fond de ta poche. En rentrant, tu as pris soin de la fixer dans une coupelle, à la verticale. Bien sûr, elle a fini par disparaître, au hasard d'un rangement, d'un grand ménage, mais combien de temps l'as-tu conservée ainsi ? Sept ans ? Dix ans ? Peut-être davantage... Qui d'autre que toi a pensé à la garder ? Je voudrais retrouver l'homme de l'allumette.

Confinées, les journées suivantes ressemblent à s'y méprendre aux précédentes. Collier d'heures parfaitement identiques qui s'alignent en prière où ne brille que ma peine, passées à faire les devoirs, la lessive et la vaisselle, la nuit tombe quand même. Je la traverse les yeux ouverts, à attendre l'aube dans la cuisine. Par instants, le cœur s'allège, j'ai le sentiment que la douleur commence à s'estomper. Chaque fois, j'en suis étonnée. Je ne resterai donc pas prisonnière de cette maison pour le restant de mes jours ? Les nouvelles dans les journaux ne me paraissent plus si sombres. Je vois un Après se profiler enfin, suivrai-je la voie de mon héroïne, m'embarquerai-je comme Emma dans une autre vie ?

Quelquefois, quand Paul fait la sieste, je parviens à l'imiter, je plonge à mon tour dans un sommeil si lourd et si profond que tout s'efface. Mais au réveil, le drame patiente en coulisse, et la réalité vient me frapper au visage. Frisson glacé le long de ma colonne vertébrale, je ne peux pas lui échapper. Je n'ai pas appris à me battre, je laisse le réel me mettre K-O. Je referme les yeux, j'essaie de retrouver mes rêves, ils sont doux et m'entraînent au loin, dans un passé récent, plus clément. Je retrouve le Monde d'Avant : la ville est pleine de gens, les passants se frôlent, se mélangent sans peur. Tout est illuminé. Dans les cafés, on se parle à l'oreille. Les visages sans masque ont l'air nu, indécent, mais ils se sourient. Une bouche ourlée veut m'embrasser. L'homme qui caresse mes mains ne les trouve ni trop sèches ni trop fripées. Mes taches de vieillesse, mes veines saillantes ne le rebutent pas. « Parle-moi », je lui demande, et l'homme accepte timidement de me raconter son histoire. Je ne veux pas que ça cesse, surtout pas qu'il se taise, c'est si bon d'entendre sa voix, ses pensées, son rire ! C'est si merveilleux de le voir s'ouvrir, se déplier comme une lettre, mon Dieu, faites que les mots s'envolent encore ! Je l'implore : « PARLE-MOI ! »

Quand j'ouvre les yeux de nouveau son silence est là, insoutenable.

« Que comptes-tu faire ?

— Mais rien… Que veux-tu que je fasse ? »

Inutile de provoquer d'autres discussions. Elles sont stériles, et je ne veux pas que les enfants nous entendent. J'ai imprimé mon Attestation de déplacement dérogatoire. J'ai pris mon passeport et coché la case : **Déplacements brefs, dans la limite d'une heure quotidienne et dans un rayon maximal d'un kilomètre autour du domicile, liés soit à l'activité physique individuelle des personnes, à l'exclusion de toute pratique sportive collective et de toute proximité avec d'autres personnes, soit à la promenade avec les seules personnes regroupées dans un même domicile, soit aux besoins des animaux de compagnie.**

Les gens qui ont un chien doivent le sortir sans arrêt.

Les rues sont désertes, une voiture de police se tient comme d'habitude au bout du chemin, trois flics masqués que je ne reconnais pas en descendent et demandent mes papiers. Ils se détendent en voyant que j'obtempère. Répondant à leurs questions, je leur tends de loin mon passeport. Je respecte la distance d'au moins un mètre, je prends même une marge de sécurité. Je suis une bonne élève, j'applique à la lettre les gestes barrières. Non, je n'ai pas oublié de préciser l'heure de ma sortie, je sais bien que je dois me dépêcher, oui, je ferai au plus vite car ils seront là pour me contrôler au retour. Je les remercie chaleureusement, comme si je quittais de bons amis. Face à l'autorité, il faut toujours que je fayote ! Surtout quand ma confiance est en berne. « Bonne journée, messieurs, et bon courage ! » je lance avec une voix d'enfant. Pourquoi suis-je si veule ? Me feraient-ils peur ? Serait-ce le moment de reconnaître que lui aussi ? Lui davantage encore que les autres ? Je marche sur la route, les voitures sont sagement couchées sur la chaussée, les oiseaux dans le ciel prennent toute la place, ils pépient en cœur, on se croirait dans la volière d'un pays tropical. Intra-muros, les magasins sont fermés, rideaux baissés, deux petites dames gantées et dûment masquées me contournent. Mes yeux fiévreux, creusés par les mauvaises nuits, les inquiètent-ils ? Deux cailloux sombres enfoncés dans leurs orbites, qui me font mal. Regarder loin me fait mal. Enfermée dehors. Même en plein air, je me sens captive. On dirait que les forts et les remparts de Saint-Malo sont recouverts d'une bulle transparente, pourtant l'air a un doux parfum de printemps, jasmins et herbes hautes qu'on a négligé de tailler.

Des panneaux d'interdiction longent le sillon – le sable est devenu contagieux, la mer dangereuse, on nous promet la « plage dynamique » pour déambuler en solitaire –, il faut s'écarter des pelouses, des parcs, ignorer les bancs… Aucune comparaison possible, mais je ne peux empêcher mon esprit dérangé de penser à l'Occupation, aux juifs sous le régime de Vichy, quand la moitié de la ville leur était proscrite : derniers compartiments de métro, fond de bus, couvre-feu de vingt heures à six heures du matin, interdiction de déménager, interdiction d'utiliser les cabines téléphoniques, d'aller aux spectacles comme d'y jouer eux-mêmes, de se rendre dans les magasins, sauf entre quinze et seize heures… Face à tant d'ignominie, mes malheurs sont ridicules. Dans les rues, je ne croise que des joggeurs, les gens n'ont jamais couru autant, des hommes, des adolescents, des femmes seules… on dirait qu'ils s'entraînent à fuir. Je pourrais m'y mettre aussi, mais je sais qu'à grandes ou petites foulées, je traînerais partout la même sensation d'étouffement. Si seulement je pouvais, d'un coup de scalpel, déchirer le voile autour de moi. À moins que ce ne soit ma propre peau qu'il me faille inciser. J'envie les hémophiles, et les malades de Molière qui pratiquaient la purge. Le Christ lui-même a, paraît-il, donné son sang pour nous. Et s'il suffisait d'une saignée rapide, abondante pour aller mieux, et ne plus prendre cette histoire au tragique ?

Nous avons tous besoin que quelqu'un nous regarde

Il m'assure qu'ils ne se sont pas vus si souvent. Cinq ou six fois, pas davantage. Je découvrirai plus tard que l'on peut aisément multiplier ce chiffre par dix. Ou suis-je encore en dessous de la réalité ? Non, il ne l'aime pas, cette déclaration, ces mots d'amour que je lui ai entendu dire étaient ceux qu'elle avait envie d'entendre. Ils ne représentent rien. N'ont aucun sens. Cette bluette n'a pas d'avenir !

Il ne dit pas : pardon. J'aimerais qu'il le dise, mais il ne le dit pas. Du bout des lèvres, il m'accorde quelques regrets : « Je suis désolé… » Ses minces excuses n'accrochent pas, elles restent floues, à l'image de cet éternel dimanche qui sera le nôtre durant ces longues semaines de confinement. Nous sortons si rarement. Tous les trois jours pour faire les courses, parfois nous attendons que la semaine passe, jusqu'à n'avoir plus une seule boîte de conserve. Nous ne pratiquons pas les « **activités physiques individuelles autorisées** », mais restons docilement cloîtrés, comme si la guerre ne faisait rage qu'à l'extérieur. C'est le terme choisi, celui que le président a lui-même asséné à la télévision au début de la crise, avec tant d'insistance que la répétition, au lieu de convaincre, est devenue gênante : « Nous sommes en guerre ! » Cherche-t-il lui aussi à nous faire peur ? Pourquoi nous parler comme à des enfants étourdis à qui l'on doit pourtant dire la vérité ? La guerre, c'est la guerre ! « L'ennemi est là, invisible, qui progresse… première ligne… combat… sacrifices… Mais nous gagnerons. » Il est notre père, et ce soir-là, il a cru bon de se mettre à notre hauteur et d'abuser de l'anaphore en nous regardant droit dans les yeux. Peut-être alors comprendrons-nous ?

J'aimerais lui dire que ses efforts sont inutiles. La bataille ici n'aura pas lieu. Je ne blesserai personne. À part moi-même.

Dans la cuisine, à l'écart, je lui annonce d'une voix très basse qu'il vaut mieux qu'on se sépare. Je sais que bien des femmes s'accommodent de cette situation. Sans être dupes, elles ferment les yeux, se consolent en imaginant les nombreuses opportunités que peuvent leur offrir ces convulsions matrimoniales. Je me surprends, comme elles, à penser que c'est peut-être le moment d'en faire autant. Pourquoi ne pas tirer parti de cette nouvelle liberté – peu importe qu'elle me soit imposée ? Ensemble, ils ont réveillé mon désir, je savoure la crudité des images qui surgissent dans ma tête. Je me vois changer de partenaire, une ronde de corps masculins et féminins. Elle est là bien sûr, lui aussi. Et moi qui n'en finis pas de jouir au milieu.

Allumée en permanence, la radio compte les points, s'acharne à comparer les courbes et les chiffres. « Combien de nos compatriotes ont d'ores et déjà été touchés par ce virus ? » J'aimerais que le journaliste puisse mentionner un autre pourcentage, celui des Français et Françaises victimes d'adultère. Ce doit être considérable : « La guerre, c'est la guerre ! »

Je rentre désormais dans cette catégorie. À choisir je préfère me situer de ce côté-ci de la barrière. Affublée d'une conscience encombrante, je souffrirais davantage si c'était à moi qu'il revenait de mentir, de me justifier, de me planquer au fond du jardin pour jurer à mon amant de ne pas l'oublier. Je suis en enfer, ils sont au paradis. Trop facile pourtant d'espérer inverser l'équation, je n'en ai guère envie. Ce matin, alors que je fouillais dans la bibliothèque, la couverture rouge d'un roman de Balzac m'a fait signe, et je suis tombée sur cette phrase : « *Pour juger quelqu'un, il faut être dans le secret de ses malheurs et de ses émotions. Pour beaucoup d'hommes, le bonheur a été dans la vie comme une escarpolette qui se casse.* »

Plus jeune, comme Elle, j'avais été la maîtresse d'hommes mariés. Je multipliais les relations, au rythme de mes déménagements. Tous les six mois, je changeais d'arrondissement, même si ma solitude, à chaque nouvelle adresse, semblait s'accroître. Je retournais quelques fois déambuler sous d'anciennes fenêtres. Celles où j'avais été le plus heureuse. Ou, comme on revient, dit-on, sur les lieux du crime, éprouvais-je seulement la nostalgie d'un bonheur qui n'avait jamais existé ? Après avoir erré des heures dans tout Paris, je regagnais mon dernier deux pièces, un fichu poids sur le cœur. Devant la glace de l'ascenseur, je me recomposais un visage, et ne manquais jamais en rentrant de m'excuser auprès de l'élu du moment. Dans mon esprit, ces détours infidèles prenaient des proportions démesurées, me rappelant d'autres écarts aussi insignifiants. À l'image de cette insomnie, après le vol d'une barrette à dix ans dans un grand magasin. Un franc et vingt centimes. Impossible de ne pas la remettre à sa place. Au risque de me faire prendre, je réparai ma faute dès le lendemain. Rouge et transpirante, j'arpentais les rayons.

Je sens des boums et des bangs
Agiter mon cœur blessé
L'amour comme un boomerang
Me revient des jours passés

Comme un boomerang, les années soixante-dix où il était « interdit d'interdire » auraient-elles suscité chez l'enfant que j'étais un sens trop aigu du bien et du mal ? Que faire de cette liberté effrénée, obligatoire ? « Jouir sans entraves », c'était passer des journées entières sans adulte, à courir dans les bois ou à pédaler à pleine vitesse sur des départementales pour doubler les voitures, quitte à se fracasser au bas de la pente.

Très vite, j'ai préféré rêver les transgressions plutôt que de les vivre. Fini les frasques. *Qui cherche l'infini, n'a qu'à fermer les yeux !* Tant de rencontres amoureuses, de nuits de baises inoubliables n'ont eu lieu que dans ma tête. Mes émotions n'en étaient pas moins grandes. Dans ma chambre à ciel ouvert, les caresses me soulèvent, les discussions après l'amour m'apaisent, comme si je les avais vécues. Quand ces amours imaginaires me plaisent, je les fais durer jusqu'à ce que, doucement, sans rien forcer, elles s'épuisent. Et bientôt d'autres corps, d'autres visages les remplacent, et avec eux, la promesse de nouveaux vertiges.

Le Hikikomori est une forme de repli social qui concerne surtout les hommes, de jeunes hommes pouvant rester enfermés plusieurs années. On les estime à environ 232 000 au Japon. Deviendrai-je un jour comme ces Japonais qui ne sortent plus, préférant vivre leur vie dans un monde parallèle ?

Ce confinement forcé transformera-t-il certains d'entre nous en véritables Hikikomoris ? Où trouverai-je le courage d'affronter le Monde d'Après ?

Nul besoin d'être confinée pour vivre retranchée. En dehors de mon travail déjà, je ne voyais plus personne, préférant parler au Darcy de Jane Austen, au Ménouhim du *Poids de la grâce* ou au Harry Haller du *Loup des steppes*... De temps en temps, si on insistait, je me forçais à accepter une invitation. Mais en arrivant, prise de panique, je faisais le tour du pâté de maisons, avant de m'engouffrer au plus vite dans une bouche de métro.

Face aux complications entraînées par ces fuites incessantes, j'avais dû me résoudre à consulter une psychologue.

« La réalité a un avantage, m'avait-elle déclaré avec un sourire encourageant.

— Ah bon ? Laquelle ? Vraiment je ne vois pas.

— Elle seule a le mérite d'être réelle. Cela pourrait n'être qu'un truisme, mais dans votre cas, je crois qu'il n'est pas inutile de le rappeler. »

Mes rêveries seraient donc moins précieuses que vos souvenirs ? Peut-être. Mais... grâce à elles, du moins, je ne fais de mal à personne !

« Vous ne pouvez pas vivre comme ça ! Nous avons tous besoin que quelqu'un nous regarde. À la semaine prochaine », avait-elle conclu en me tendant la main.

La porte refermée derrière moi, je demeurai clouée sur le palier. Mes fantasmes ne m'octroyaient qu'un réconfort illusoire. Je ne pouvais que lui donner raison, *nous avons tous besoin que quelqu'un nous regarde*, me répétai-je dans les escaliers, combien de temps allais-je me contenter d'un simulacre ? À quoi bon se leurrer ? Mon amant virtuel ne m'avait jamais vraiment tenue dans ses bras, je n'avais pas senti sa peau se frotter contre la mienne, son sexe, son sperme ne m'avaient pas remplie, et personne ne m'avait susurré ces « je t'aime » que j'entendrais dans le jardin.

Pour autant, avais-je pris moins de plaisir à les glisser dans la bouche de mon amant imaginaire que si un être de chair et d'os me les avait adressés ? Moins de joie à le guider, à lui souffler les questions et les réponses, à le voir se prêter au jeu docilement ? Avais-je connu moins de félicité que si j'avais laissé pour de vrai un homme me serrer dans ses bras ?

« Vous vous trompez ! avais-je envie de hurler à la fenêtre de la praticienne, vexée d'avoir payé si cher pour des lapalissades. Même si ces amours-là ne s'accomplissent que dans ma tête, je les remercie... je les remercie d'exister ! »

Deux ans plus tard, je cessais d'en rêver, je t'avais rencontré...

Tout était vide. Le Frigidaire comme les placards. Les enfants voulaient faire des gâteaux. Je décidai donc courageusement de sortir faire les courses, attestation et passeport en poche. Tandis que je m'interrogeais sur l'opportunité de rappeler d'urgence la psychologue, des passants dans la rue m'arrêtèrent pour me féliciter : « Bravo pour l'*Adultère* ! »

Le film de Philippe Harel, une suite de *La Femme défendue*, venait d'être rediffusé sur Arte. Après avoir joué la maîtresse d'un homme marié au cinéma vingt ans plus tôt, j'interprétais cette fois la femme trompée à la télévision, comme pour faire le tour du problème. Le scénario écartait tous les clichés, pas de scènes spectaculaires, pas de cris. Sans bruit, l'héroïne blessée s'éloignait de tout ce qui avait fait sa vie.

« On vous a vue hier ! Vraiment vous êtes parfaite dans *Un Adultère* !

— Merci ! » répliquai-je poliment, réalisant que cette opposition avec le réel n'était au fond qu'une chimère. Si souvent, j'avais eu la preuve que tout ce que j'avais joué, rêvé ou écrit finissait par advenir.

Mais peut-être cela arrivait-il à tout le monde ? Sinon pourquoi l'éternel trio continuerait-il à hanter littérature et cinéma ? Autant être lucide, le monde entier doit en passer par là... *Passe, passe, passera, la dernière restera.* Un petit nombre seulement ne s'en relève pas.

Une grande quantité d'erreurs

J'ai descendu dans mon jardin,
J'ai descendu dans mon jardin,
Pour y cueillir du romarin

En réalité, je l'avais juste aperçu sourire, ce matin-là, au fond du jardin, le téléphone à la main. Je ne m'étais pas assise sur les dernières marches, j'avais sagement préféré retrouver les enfants dans le salon.

En amour, mieux vaut ne rien savoir. Du tout.

Le dernier des maux libérés de la boîte de Pandore, celui que les Grecs considèrent comme le pire de tous, n'est-il pas l'espérance ? Ne rien attendre, se contenter d'aimer avec, ou sans retour.

Par ennui peut-être, ou fragilisée par ce confinement imposé, j'avais follement laissé mon imagination et mes extravagantes suppositions m'entraîner plus loin. Tant pis si ces pensées n'étaient guère agréables. Je passais le plus clair de mon temps à inventer des scènes, à nouer des dialogues entre nous. Ce que j'avais cru saisir, ces quelques secondes, sans paroles, de pur plaisir téléphonique avaient éveillé ma jalousie.

L'hiver précédent, j'avais encore joué au théâtre une femme en mal d'enfant, que son mari trompe – le sujet décidément me tournait autour. Mon personnage pressentait cette trahison avant lui, et se consolait dans les bras d'un homme plus jeune qui finissait par la trahir à son tour. Triste et amère, elle décidait de quitter cette ronde cruelle en partant vivre à l'autre bout du monde. À la fin de la pièce, elle semblait presque heureuse, apaisée d'avoir su changer de vie, comme Emma.

J'avais plus de mal que mes personnages à tourner la page. Impossible de quitter ce rôle de femme trompée. N'avais-je d'ailleurs pas écrit sur l'une d'elles dans mon deuxième roman ? Pourquoi cette obsession ? Est-ce qu'à mon tour, j'allais être rattrapée par la réalité ? Dans dix ans, dans un an ? Après avoir passé la barre fatidique de la cinquantaine, l'âge où beaucoup d'hommes se détournent ?

S'il ne devait me rester qu'une poignée d'années avant d'être remplacée, je préférais anticiper : alors disons que la trahison aurait eu lieu ce matin-là, et que ma curiosité l'avait emporté. Disons que, comme dans la chanson, *j'ai descendu dans mon jardin* pour voir son visage de plus près, et qu'une fois en bas, je l'ai bien entendu dire ces mots d'amour, les adresser à une autre…

Combien de choses m'ont échappé parce que je ne me trouvais pas au bon endroit ? Cette fois encore, l'information cruciale se cachait sur la face B…

Si nous n'étions pas obligés de choisir, de prendre chaque jour ces centaines de petites décisions, en apparence insignifiantes, qui en nous privant d'alternative suffisent parfois à tout changer, nous passerions peut-être moins souvent à côté de la vérité.

À moins que ce ne soit l'inverse. Étant donné l'impossibilité qui est la nôtre d'être partout à la fois, de tout entendre, de tout saisir, de prendre à droite et à gauche, autant se fourvoyer carrément ! « *La vérité*, affirmait Virginia Woolf, *ne peut être atteinte qu'en rassemblant une grande variété d'erreurs.* »

Dans ce roman, je fais donc l'erreur de rester. Voilà, il vient de lui dire « je t'aime ». Trois fois de suite, de cette voix calme et assurée qui, d'ordinaire, m'emplit de confiance. Après avoir réclamé en vain de lire le nom de la coupable sur l'écran de son portable, je remonte les escaliers et rentre dans la maison en essayant de respirer lentement. Je ne trouve rien d'autre à faire que nettoyer à fond la table de la cuisine, plonger les assiettes sales dans l'évier, peu importe que nous ayons une machine à laver. Frotter, récurer, enlever toutes les traces, sous la mousse on ne voit plus rien. Après je passerai l'aspirateur, ne pas réfléchir, se donner plutôt l'illusion d'agir. J'ai beau insister, la poussière vole autour de moi. Le sac de l'aspirateur est plein, je dois m'y prendre à plusieurs reprises, après avoir presque tout déchiré… Je sais bien que je ne devrais pas, mais je me mets à énumérer, en vrac, les gestes qu'il a pris l'habitude de faire à ma place, ces dizaines – que dis-je, ces milliers de petits gestes – qui trahissent mon incompétence : commander en ligne sur Internet, noter les codes, faire la cuisine, remplir les déclarations d'impôts, télécharger les applications, choisir la bonne télécommande, débloquer le téléphone ou l'ordinateur, conduire, compter l'argent, expliquer les fractions et les divisions décimales à notre aînée – j'ai tout oublié –, monter des meubles, plus globalement bricoler, trier les papiers – foutu syndrome de Diogène –, recevoir les gens à dîner, faire du feu dans la cheminée… Pour ma mère, le quotidien était un parcours rempli de chausse-trapes, au point d'avaler chaque jour un Xanax avant de s'engouffrer dans le métro. Ce matin, toute mon angoisse se focalise sur l'aspirateur. Pourquoi ne pas m'y être intéressée plus tôt ? Je regrette d'avoir baissé les bras. Face aux difficultés, j'aurais dû m'entraîner encore et encore, comme les sportifs, continuer d'essayer, d'apprendre. À force, j'aurais dompté ma maladresse, et ces gestes seraient devenus naturels.

Comme d'habitude j'abandonne, préférant me réfugier dans les livres, à la recherche des précieux conseils de Herman Hesse, du regard avisé de Jane Austen, de la sagesse de Rainer Maria Rilke, tout au long des pérégrinations de Walser, autant de petits cailloux pour me guider dans la forêt nébuleuse de la Vie ordinaire. Eux, du moins, m'aideront à y voir plus clair. Fébrilement, je reviens à Kundera, et la pêche est bonne : deux phrases-bijoux !

« *La jalousie possède l'étonnant pouvoir d'éclairer l'être unique d'intenses rayons et de maintenir les autres hommes dans une totale obscurité.* »

Plus loin :

« *La sensualité, c'est la mobilisation maximale des sens : on observe l'autre intensément et on écoute ses moindres bruits.* »

Je l'observe, c'est vrai, je l'épie même la journée entière – sans parvenir pourtant à le regarder dans les yeux. J'écoute ses conversations au téléphone. Surmontant ma honte et mes craintes, je marche sur la pointe des pieds pour surveiller ses moindres faits et gestes, dans l'espoir de récolter quelques informations. J'avance sans bruit, priant pour ne pas le surprendre en train de rire, de dire des mots crus, explicites. Je suis écartelée, une partie de moi scrute et traque, l'autre se bouche les oreilles. Je nous revois une fois de plus, mon grand frère et moi, recroquevillés en boule derrière le canapé du salon. Nous voulions connaître le monde des adultes, à n'importe quel prix ! De quoi parlaient-ils en notre absence ? Continuait-on d'exister pour eux ? Que faisaient-ils ensuite derrière la porte close de leur chambre ? Je ne parviens pas à calmer mon excitation, j'attends, fiévreuse, d'autres révélations, aussi terribles soient-elles, je pense pouvoir les encaisser, mais c'est faux. J'ai le cœur qui bat à tout rompre, mes mains tremblent, ma bouche est sèche, j'avance dans le couloir à l'affût, je stationne sur le palier, me glisse le plus près possible de la porte entrouverte, je crois l'entendre chuchoter. Et puis, plus rien. Lui a-t-il intimé l'ordre de se taire lorsque le parquet a craqué ?

Chaque jour, je suis face à un mur de silence. Comment faire pour saisir un éclat de vérité ? Notre perception est déjà déformée. Nos sens sont mis à rude épreuve, ce confinement les a recouverts d'un drap blanc, pareil à ceux qu'on dépose sur les meubles avant de quitter une maison de vacances. Est-ce que c'est moi qui ai tort ? Sans doute, même s'il n'est pas si facile de le reconnaître. N'ai-je pas inventé ces je t'aime et tout le reste ?

Ils ne parlent que de morts, de nouveaux cas. Comme le nuage de Tchernobyl, avons-nous vraiment cru que le virus s'arrêterait aux frontières chinoises, et même italiennes ? Quel besoin avions-nous de voir la vague s'écraser à nos pieds, nous submerger, pour y croire ? Hypnotisés par l'ampleur du désastre, les habitants de Palu, les vacanciers de Khao Lak ont filmé le tsunami jusqu'à la dernière minute, avant de réaliser qu'il ne s'agissait pas d'un mirage, qu'il fallait fuir. Trop tard.

Comme eux, j'ai besoin de la toucher, d'enfoncer mes doigts dans la plaie. Alors je fouille, j'ouvre des pièces jointes. Je connais mal les ordinateurs, leurs dédales secrets, mais à force de chercher, d'ouvrir des dossiers, d'appuyer ici et là, je finis par trouver. Des photos d'elle, des messages, des centaines et des centaines d'échanges, de discussions enflammées… Je tremble, mon cœur va exploser, insecte fragile enfermé dans sa membrane, la fine pellicule est trop étroite, elle va se déchirer tant il cogne et s'agite, ne supportant plus ce qu'on lui inflige. Chaque parcelle de mon corps me crie d'arrêter, mais je continue. Je veux voir. J'essaie de lire… Mes yeux embués sont des loupes au travers desquelles je ne perçois que des mots au hasard, des moitiés de phrase dont la signification m'échappe. Si je parvenais à les appréhender dans leur globalité, peut-être que je ne m'en relèverais pas. Ma panique me protège. Les photos d'elle, en revanche, se gravent en moi, s'incrustent sur ma rétine avec une précision effrayante, chacune se glisse sous ma peau avant de s'y fixer pour toujours. Elle est si jeune. Si jeune et incroyablement belle.

Je me redresse, je dois me tenir au mur. Plus aucun équilibre. J'ai l'impression d'avoir de la fièvre, pourtant mes mains, mes bras et mes jambes sont glacés. Jamais je n'ai tremblé de cette façon, on dirait que quelqu'un s'amuse à me secouer, je peux à peine marcher, mais je veux absolument lui montrer mes trouvailles ! Pourvu qu'il ne se moque pas en me voyant arriver dans cet état. Me voilà aussi agitée qu'un personnage de dessin animé. C'est ridicule, je ne vais quand même pas me mettre à claquer des dents.

La France a franchi la barre des 10 000 morts, tandis qu'à Londres les Britanniques souhaitent un bon rétablissement à Boris Johnson hospitalisé en soins intensifs… Il est en train de regarder les infos sur son portable. Je lui tends la tablette, il me regarde, livide. Pour la première fois, ma colère déborde, mais c'est moi que je blesse – ça a toujours été comme ça, c'est à moi seule que je veux du mal. Je pourrais déchirer les plans éparpillés sur la table, ce projet de réhabilitation d'un musée sur lequel il travaille depuis des semaines, mais je préfère cogner ma tête contre le rebord de la fenêtre, et je glisse par terre, sonnée. Ma mâchoire a claqué fort, je m'inquiète pour ma fausse dent, celle de devant… Est-ce que je l'ai cassée ? Il ne me manquerait plus qu'un sourire édenté. Je suis suffisamment minable et pathétique comme ça, pour ne pas ressembler, par-dessus le marché, à une fillette qui vient de perdre sa dent de lait ! Un enfant qui ne dort pas m'appelle en bas, a-t-il entendu quelque chose ? Non, il faut seulement que j'apporte un verre d'eau à Nina. Je dois à tout prix me ressaisir, continuer à camoufler mes sentiments, faire comme si rien n'avait changé. Et d'ailleurs qu'est-ce que ça change ? Rien du tout…

C'est décidé ! Ça ne changera rien. Du tout.

Il n'y aura plus de cris, plus de sortie de route. Il suffit de le vouloir. Je veux bien me casser une dent – je la sens bouger entre mes doigts – mais rien n'entamera leur innocence.

La discorde

Notre jardin n'est pas grand, mais il possède deux arbres. Planté de travers, mon préféré s'incline vers la bruyère et le houblon qui s'emmêlent à ses pieds. Je ne connais pas davantage son nom scientifique que le vernaculaire. Il est si chevelu, avec ses milliers de branches électriques, dressées autour de la tête, on dirait que ses racines elles-mêmes partent vers le ciel.

Parmi les choses pour lesquelles je n'ai aucun talent, il y a encore celle-ci : je n'ai pas la main verte. Toutes les plantes qui m'ont été confiées, y compris les plus robustes, réputées increvables, ont fini à la poubelle. Je commence par les noyer, et ensuite je les oublie.

L'ai-je oublié, lui aussi ? Sans doute, pourquoi sinon aurait-il décidé d'aller voir ailleurs ? Avouerai-je que maintenant, je rêve de le noyer ?

N'est-ce pas précisément à ce genre de pensées qu'on reconnaît la fin d'un mariage, lorsque chacun rêve de noyer l'autre ?

Seul cet arbre paraît apprécier mes caresses. Chaque jour, je colle la paume de ma main contre sa vieille carcasse. Coups de canif dans l'écorce grise, ses rides si profondes me griffent. De loin, elles paraissent toujours sereines. De près, les cicatrices prennent une tournure plus dramatique. Devant son tronc jaspé de taches blanches et ses feuilles qui n'en finissent plus de trembler, je crois l'entendre geindre. Alors je frotte ma joue contre sa croûte jusqu'à m'en érafler la peau. L'entourant de mes bras, je lui parle, l'encourage, je le supplie de ne pas imiter ses congénères, et ne cesse de le remercier, au contraire, de se déployer de cette manière. Quand je suis sûre que personne ne regarde, il m'arrive même de l'embrasser. Perçoit-il l'attention que je lui porte ? Ma fille en est persuadée, elle l'a d'ailleurs vérifié lors d'une sortie scolaire : non seulement les végétaux perçoivent notre présence, mais ils ressentent notre empathie. D'après le grand botaniste Francis Hallé, ils seraient même dotés de capacités mémorielles. Lorsque je descends dans le jardin pour m'asseoir dans son ombre, me reconnaît-il, attend-il mes visites ?

Le voisin en a un, lui aussi. Mêmes branches qui s'étirent vers le ciel, mêmes petites feuilles qui s'accrochent au sommet par grappes. Mais le sien ne produit aucune fleur.

Le jour de notre arrivée, les arbres du quartier étaient entièrement nus. Agités par le vent humide de mars, ils se balançaient comme de vieux épouvantails. Et voilà que le nôtre offre une explosion de vert tendre, un véritable feu d'artifice. Je m'accroche à cette spectaculaire renaissance.

Dans ma situation – c'est ainsi la plupart du temps dans les films –, on est censé appeler sa mère : la femme découvrant la trahison se planque dans la salle de bains pour s'en plaindre à sa génitrice, puis part se réfugier dans la maison qui l'a vue naître. Aussi rouge que son vernis à ongles, la voiture décapotable dérape et disparaît dans un nuage de poussière. Au bout d'une semaine, quelquefois plus, le mari – qui n'a pas à chercher bien loin – vient reconquérir la fugitive à grands coups de klaxon. Charmeur, repentant, le fautif est prêt à s'amender, comme elle à le retrouver. Bouquet de fleurs, bague et dîner chic sont autant de gages de sa bonne volonté. Si cela ne suffit pas, il fait mine de s'agenouiller. Magnanime, elle l'arrête, lui évitant de se plier à ce numéro éculé. Et si malgré tout la belle choisissait de s'entêter, pas d'inquiétude, la reconquête n'en serait que différée. Pour notre plus grand plaisir, le scénariste accorderait au héros deux ou trois scènes supplémentaires pour noyer sa solitude dans la saleté et l'alcool. S'ensuivrait une course-poursuite dans les rues d'une jolie capitale, *tu la sens l'émotion qui passe*. Chiens et poussettes évités de justesse, pigeons qui s'envolent. La voiture et l'action accélèrent de concert. Cascades avec sirènes de police, carambolages, flics testostéronés plus ou moins compréhensifs. Musique qui s'emballe… Et l'excursion expresse se terminerait enfin par une déclaration essoufflée sur un quai de gare ou dans le hall désert d'un aéroport pour un nouveau départ, réel ou fantasmé, car nous avons tous besoin de croire aux secondes chances.

Je n'appellerai pas ma mère comme une héroïne de comédie romantique, ou comme Emma Auster, je n'en ai pas besoin. Cet arbre est là pour moi. À sa manière. Son exemple m'est plus utile qu'un conseil maternel. Il a tenu tout l'hiver, bousculé par les tempêtes et les bourrasques. Épuisé à la fin par le moindre souffle d'air, ses branches crissaient, la nuit surtout, ongles cassants sur le tableau noir. Si j'avais voulu attraper ses mains d'argent, elles se seraient brisées dans les miennes.

Pour l'instant, je ressemble à ce qu'il était hier. Pauvre squelette, décharnée, à force de ne plus manger, de ne pas dormir. Une enveloppe vide. Dans la glace de la salle de bains, mes côtes saillent comme des arêtes de poisson, la peau de mon visage s'étire sur des pommettes proéminentes. Mais bientôt, mon arbre s'emplira de milliers de fleurs roses à en faire pâlir mon voisin, et mon cœur l'imitera, s'épanouira de nouveau au soleil. La sensation d'être congelée, oubliée au fond du jardin, aura disparu.

Lui et moi ne sommes pas différents, j'aime autant que lui le vent tiède sur ma peau. Avec la même avidité, nous attrapons ce qu'on nous jette, des miettes d'amour. Et si le festin se transforme encore une fois en disette, nous essaierons de nous en contenter.

Le réveil est brutal mais salutaire, la discorde passagère.

Faire table rase du passé

La discorde qu'on a semée
À la surface des regrets
N'a pas pris

Comme dans la chanson d'Alain Bashung, ou comme les scénaristes hollywoodiens en manque d'imagination, j'ai besoin de croire aux secondes chances.

Paradis perdus

En ce vendredi 17 avril, l'Afrique compte 18 792 cas confirmés. L'Égypte est le pays le plus touché, suivi par l'Afrique du Sud, le Maroc et l'Algérie. À la radio, en fin de journal, on annonce cette fois la mort du chanteur des « Mots bleus ». Et je regrette soudain terriblement de ne pas avoir répondu à son invitation. « Christophe aimerait te rencontrer.

— Ah bon ? Pourquoi ?

— Mais pour te connaître ! »

J'aimerais qu'il soit toujours vivant, qu'il m'invite de nouveau chez lui, cette fois, je jure que je m'y rendrais. Il me jouerait ses ballades. Comme ce serait bon de les entendre à présent. Je resterais assise près de lui, il entonnerait « Les Paradis perdus » en s'accompagnant au piano. Sa voix plaintive épouserait ma peine. Nul doute que je me sentirais moins misérable. Ses paroles seraient comme un baume, il chanterait pour moi, je serais jeune et belle encore. Je me fais la promesse solennelle de ne plus jamais fuir l'attention qu'on me porte.

Que s'est-il passé ? Aurais-je dormi toutes ces années ? Le temps s'est accéléré d'un seul coup, je n'arrive pas à m'expliquer autrement ce fait extravagant : dans un an et des poussières, j'aurai cinquante ans.

Sans que je l'aie choisie, cette femme plus jeune est entrée dans ma vie. Elle occupe tout l'espace dans ma tête. Plus souvent qu'on ne le croit, nous devons nous rejoindre en pensées tous les trois. *Pourquoi ne pas l'accepter ?*

— Parce que je n'ai aucune envie de connaître le sort de ce scarabée échoué sur ma terrasse, ce si joli scarabée qu'un oiseau noir à bec jaune – un merle ? – s'amuse à dépiauter sous mes yeux.

Le volatile me fixe de son petit œil moqueur, cherche-t-il à m'impressionner avec sa démonstration ? D'un coup sec, il a broyé la carapace, puis reste fièrement planté là, on dirait un oiseau empaillé. Qu'attend-il de moi ? Des félicitations ?! Déçu par mon apparente indifférence, il s'envole enfin, abandonnant les débris mordorés de son festin à mes pieds.

Le soleil chauffe mon tee-shirt, un vent printanier souffle sur mes jambes, emmêle mes cheveux, y déposant sa tendre odeur de roses sauvages et de jasmin. Je me sens moite et fébrile, comme lors de notre premier rendez-vous. Nous étions sagement attablés face à face, il me parlait de ses projets, une école à rénover, un concours pour un éco-quartier, sans parvenir à dissimuler sa nervosité. Au milieu du repas, mon gilet avait glissé sur mon bras. Hypnotisé par ce petit carré de peau dénudée, il n'avait pu résister au désir de le toucher du bout du doigt, avant d'effleurer l'arrondi de mon épaule… Oh, je voudrais tant sentir ses bras autour de ma taille, ses mains fortes sur ma poitrine. Je n'y comprends plus rien. D'où peut surgir ce désir fou ?

Malgré les découvertes de ces dernières semaines, je me surprends à rêver de son corps, de sa peau salée, j'aimerais passer la journée entière à le parcourir, n'oublier aucun détail, le creux de l'oreille, le pli du coude, sa nuque au parfum de musc, glisser mon visage sous son bras, là où ses odeurs les plus intimes se cachent, retrouver sur ses reins les grains de beauté en forme de triangle que je connais si bien. J'aimerais qu'il me choisisse à nouveau, qu'il réponde à mes caresses, me couvre de baisers. *De mots bleus.* Tout ce qui ne s'est jamais dit.

Il me rejoint une tasse de café à la main. Bientôt il partira faire des courses. Je le retiens, lui recommande de bien mettre son masque, d'éviter les grands magasins. *Oh parle-moi, parle-moi je t'en supplie !*

La veille, je marchais sous une pluie antédiluvienne, la ville était déserte. Il n'y avait que moi et mon parapluie orange. La tête enfoncée dans un blouson gris fluorescent, je devais avoir l'air d'une accidentée de la route qui envoie des signaux de détresse. Je m'étais échappée, munie de mon passeport et de ma dérogation, j'avais une heure de liberté, soixante minutes pour me donner l'illusion d'être loin. Je m'apprêtais à longer le bord de mer, avant de me souvenir : **ne pas s'éloigner de plus d'un kilomètre**

de son domicile. Coupée dans mon élan, je m'engageai donc dans les rues habituelles, celles qui mènent intra-muros. Pas la moindre patrouille de police. Je décidai de faire un tour au port. Des rideaux de pluie obscurcissaient la route, personne n'aurait envie de sortir par un temps pareil ! Le vent m'attaquait de tous côtés, rendant mon parapluie superflu, je m'y accrochais quand même, comme à une poignée de secours.

Mon jean était trempé, bizarrement je n'avais pas froid.

Dans la rade, le premier bateau à quai s'appelait *Point final*. Sa petite coque blanche m'appelait, semblant vouloir me délivrer un message. Unique point lumineux dans l'eau sale et la grisaille, il me criait quelque chose. D'en finir ? J'avançai doucement, soulagée de voir enfin apparaître The End sur l'écran. *L'eau doit être glacée*, songeai-je captivée. Je m'approchai de la mer sombre et épaisse. *Si je sautais tout habillée, avec mes chaussures, ce serait vite fait ! Au lieu de me débattre, d'éviter les algues, je les laisserais s'enrouler autour de mes chevilles. Je nage si mal. Dans les nappes de fioul et de bouteilles en plastique, je n'en aurais pas pour longtemps.* Plus d'un mois et demi que ce poids m'écrasait la poitrine ! Plutôt que d'attendre d'être victime d'un Tako-Tsubo – le dangereux syndrome des cœurs brisés –, c'était tentant de devancer l'appel. Pourquoi ne pas mettre, en effet, *un Point final* à toute cette histoire ? Le doute pourtant subsistait. Outre l'image des enfants s'agitant devant mes yeux hallucinés, que se passerait-il si, au dernier moment, je changeais d'avis ? Mes habits gorgés d'eau gêneraient considérablement mes mouvements, parviendrais-je encore à agiter mes jambes et mes bras devenus trop lourds ? Imitant Virginia Woolf dans la rivière Ouse, je m'enfoncerais comme une pierre. *Curieuse impression de bord de mer*, écrivait-elle. *Chacun s'arc-boutant, luttant contre le vent, saisi, réduit au silence*. Derniers mots trouvés dans son journal : *Tout est gelé. Gel figé*. Dans le port désert, inutile d'appeler à l'aide, de guetter le passant providentiel pour me tendre la main. Ces quelques minutes avant de sombrer seraient les plus longues et douloureuses que l'on puisse s'infliger.

Un rayon de soleil traversait les rideaux de pluie. *Somewhere over the rainbow*. Réflexe enfantin, je cherchais l'arc-en-ciel. Après cette histoire de Point final, ses couleurs pâles m'auraient fait du bien. Si j'en repérais un morceau, un seul morceau, mes soucis pourraient fondre avec lui. *Melt like lemon drops*. La chanson me renvoyait à ma première Gay Pride. J'avais voulu m'y rendre avec mon père, mais, de la génération des Invisibles, après s'être caché si longtemps, il ne voyait plus de raison d'être fier.

Mon téléphone vibrait dans ma poche, le temps s'était écoulé. J'avais envie de remettre une pièce dans la machine, de gagner une nouvelle heure de liberté. *Violet, bleu, vert, jaune, orange et rouge*. J'hésitais à rentrer, m'obstinant à chercher le drapeau des Fiertés dans le ciel. Peine perdue. Je rebroussai chemin en traînant des pieds, comme une mauvaise élève. Point final s'acharnait à me tirer en arrière.

Un SDF buvait sous un porche. Dans la ville morte aux rideaux baissés, nous étions les uniques survivants aux derniers jours du monde. Un sans-abri éméché et une cinquantenaire au cœur brisé. En guise d'Adam et Ève, Il aurait pu trouver mieux. Qui placerait le moindre espoir en nous ? Je refermai mon parapluie, et occupai les trente dernières secondes à sentir la pluie dégouliner dans mon cou, avant de pousser le portail, comme un vieux chien, errant mais bien vivant.

Et voilà qu'aujourd'hui, mon humeur s'accordant à la météo, mon unique désir est de m'allonger contre son corps immense et nu, de m'y blottir au soleil, et d'entendre encore sa voix grave me souffler son plaisir à l'oreille…

Nous l'avons fait. Les enfants dormaient. Il était tard. Sans l'avoir prémédité, nous nous sommes retrouvés dans la cuisine. Il cherchait quelque chose à manger dans le frigidaire. J'allais me resservir un ou deux verres de vin – les derniers de la soirée – comme j'en avais pris l'habitude. « Allonge-toi, s'il te plaît… » murmurai-je, tâchant de tout oublier. Surpris, mais heureux, il répondit à mes caresses et mes baisers fiévreux. Le carrelage était dur et froid, mais nous sommes restés étendus, nus, serrés l'un contre l'autre. Imbriqués comme deux Lego, parfaitement assemblés.

Du bon usage de la jalousie

« *Le pauvre ! La jalousie lui fait perdre complètement la tête. Je ne m'en plains pas, je ne connais pas de meilleur aliment pour l'amour.* » À en croire Jane Austen, nous devions lui attribuer ces étonnantes retrouvailles. « *L'amour engendre la jalousie qui en est la preuve* », confirmait Boris Vian. Pour Balzac lui-même, « *la jalousie peut générer de grandes choses, à condition qu'elle ne soit pas habitée par de petits esprits, sans quoi elle se transforme en haine* ». Selon Léautaud, elle serait non seulement la preuve d'un manque de fatuité, mais aussi le signe du sens critique, de l'intelligence en amour, car « *un sot vaniteux n'est jamais jaloux* ». Pour d'autres, elle ne ferait qu'agiter des cendres que rien ne pourrait réchauffer. Elle n'appartiendrait qu'« *aux enfants de l'orgueil* », ou serait « *la maladie d'un fou* ». En définitive, tous ceux qui l'habiteraient n'aimeraient qu'eux-mêmes.

Constant et Beaumarchais ne m'étaient d'aucun secours, ils ne servaient qu'à raviver ma peine. Déçue, blessée, je refermais mes livres. C'était ma faute, je les consultais comme une carte routière, cherchant lequel d'entre eux pourrait me dicter ma conduite. Mais j'avais beau lire, je trouvais tout et son contraire.

Une seule constance dans ces écrits, et nul besoin d'en traquer la confirmation pour le savoir : le temps avait fait son œuvre, lui seul était responsable. Inutile d'accabler les coupables, l'ennemi demeurait à l'intérieur, notre si belle union n'était morte que de lassitude. Alors pourquoi s'acharner ? Un amour défait pouvait-il subitement se muer en passion sous l'impulsion d'une étrangère ? N'étais-je pas naïve de penser qu'aiguillonnés par cette aventure, nous allions nous accorder un nouveau départ – par ricochet ?

Sa jeunesse représentait certainement une drogue puissante, dont on ne saurait triompher qu'après des mois, des années peut-être… C'était pourtant le moment que mon cœur choisissait pour s'ouvrir en grand, et s'en remettre à l'homme qui l'avait trompé.

Après cinquante jours d'effroi, de lutte acharnée, de colère et de dépit, je cédais, et ne l'en aimais que davantage. Persuadée que nous ressemblions aux amants de Jacques Brel, ceux *qui ont vu deux fois leurs cœurs s'embraser*, je guettais un geste tendre, un sourire. Du matin au soir, je me tenais à sa merci, rêvant de ses bras et de ses baisers.

Moi qui, semaine après semaine, avais attendu notre libération, voilà que je m'apprêtais à regretter ma prison. Le gouvernement avait annoncé la fin du confinement : lundi prochain, il quitterait la Bretagne et rentrerait à Paris.

Et ce serait exactement comme si un ancien toxico avait rendez-vous avec son dealeur. Ils se reverraient, l'heure et l'endroit à coup sûr en étaient déjà fixés. Je devrais regarder ça de loin, en attendant son retour, sachant que la question n'était pas de savoir s'il replongerait, mais combien de temps il serait capable de résister.

Chaque mot, chaque geste devenait lourd de sens. Il continuait de se taire, tandis que j'avançais mes pions avec la désagréable impression de jouer une partie d'échecs contre Chess Machine (ou l'imbattable Capablanca). Ignorant tout des règles, le jeu me semblait prodigieusement inégal, et s'en plaindre n'aurait servi à rien. Au contraire, me livrer n'aurait fait qu'accuser l'écart.

Parfois, maladroitement, il essayait de me rassurer. Il ne souhaitait qu'une chose, promettait-il, rester auprès de nous… Mais je pressentais que les forces, dans cette lutte, resteraient tristement asymétriques. Face à la beauté et la joie de la découverte, à quoi pouvais-je prétendre, avec mes craintes et mes pauvres exigences ?

En silence, je me préparais à la seconde vague.

Durant mes nuits d'insomnie, je lui envoyais mentalement de longues lettres. Alternant suppliques et menaces, j'y invoquais toutes les raisons possibles pour qu'Elle s'éloigne. Je prenais plaisir à imiter le vindicatif Ignatius de *La Conjuration des imbéciles*, tâchant de tourner au mieux mes réclamations. Mes démonstrations se devaient d'être brillantes, imparables. Il y en avait tant ! De quoi en faire un ouvrage, je voyais déjà la dédicace :

La Conjuration des infidèles

Pour mes sœurs de misère,
342 lettres récriminatoires à partager.

Une façon comme une autre de se sentir moins seule.

Après avoir exploré en pensée mille scénarios, répondu à ses objections imaginaires, menacé de réclamer dédommagements et *pretium doloris* dont le montant fluctuait suivant les jours et ma peine, je rangeai bientôt mes cahiers de doléances au placard. Les mots ne suffisaient plus, je devais passer à l'étape suivante : provoquer une rencontre. Dans chacun de mes rêves désormais, je lui parlais, à Elle. Je ne souhaitais plus qu'une chose : éveiller son empathie. Lui faire toucher une autre réalité que la sienne. Pas de scène donc, nous discuterions posément cartes sur table, comme lors d'un simple rendez-vous professionnel. Une discussion presque banale entre deux salariées raisonnables et consciencieuses.

Je la retrouvai dans un café. Probablement encore plus inquiète que moi, Elle était en retard. Pour me donner du courage, je commandai un grand verre de vin, que je commençai à boire à petites gorgées, avant de le vider d'une traite, supposant qu'elle s'était défilée. Je lui avais envoyé un mail très court :

Chère C.

S'il vous plaît, voyons-nous. Le 15 juin, à 16 h 30, au café Rouge, place de la Nation. Ne vous inquiétez pas, je ne veux pas vous importuner, juste discuter.

À sa place, y serais-je allée ?

Son absence envahissait tout l'espace, et si, selon la formule consacrée, les absents ont toujours tort, dans cette situation périlleuse, je lui donnais plutôt raison.

En l'attendant, je me mis à penser à un homme dont j'avais été amoureuse au début du siècle, et dont la femme précédente n'avait cessé de m'obséder. Une Rebecca fantomatique qui prenait plaisir à s'insinuer entre nous, à me juger. Il n'y avait aucun portrait d'elle, pas la moindre trace de vie commune dans le salon, pas même un vieil album photo coincé entre les livres de la bibliothèque. Sans raison apparente, je demeurais pourtant écrasée par leur passé commun. Quand nous faisions l'amour, je savais avec certitude que ses caresses étaient celles qu'elle lui avait apprises : mon amant m'aimait avec le mode d'emploi d'une autre. Sans la connaître, je me comparais à elle à tout bout de champ, et restais toujours perdante.

Si je pouvais à mon tour inspirer cette crainte à ma rivale, espérais-je en me haussant sur ma chaise. *Remplir son esprit, le marquer durablement.*

Les clients se succédaient dans l'allée, chaque table était désormais occupée. Les nerfs à vif, tous mes capteurs dressés, je parvenais à saisir plusieurs conversations à la fois. Une mère faisait en riant des reproches à sa fille. À moins que ce ne soit l'inverse. Un grand-père, enthousiaste, hurlait des consignes dans son téléphone portable. Après ces mois de confinement, deux hommes à ma droite fêtaient leurs premières heures de liberté en sirotant des bières, sourire aux lèvres. Du cuisinier à la dame de la caisse, des piliers de comptoir aux derniers arrivants, chacun affichait une mine réjouie. Tous cependant avaient l'air gauche, étrangement emprunté. L'espace de quelques semaines, l'habitude d'être ensemble avait disparu.

Mes voisins, euphoriques, réclamèrent bientôt au serveur une autre bière, et le remercièrent avec tant d'insistance que le visage du garçon s'empourpra derrière son masque d'hôpital. « C'est parfait ! » cria encore l'un d'eux en levant son verre trop haut, versant le liquide à côté. Puis, sur le ton de la confidence, le maladroit déplora l'absence d'un troisième larron. « Tu n'étais pas au courant, il a déménagé, il a quitté sa femme ! le coupa l'autre. Il a acheté une maison dans le Périgord, il est parti vivre là-bas avec la nouvelle… » L'ami réclama plus de détails, où se situait donc ce refuge paradisiaque ? Comment était la fille ? Je brûlais quant à moi de m'enquérir de la laissée-pour-compte : l'avait-elle également remplacé ? Sinon, combien de temps lui faudrait-il pour l'oublier ?

Tandis que je m'inquiétais pour une inconnue, C. surgit de nulle part. Sans la moindre hésitation, je la vis avancer jusqu'à ma table. J'avais oublié l'avance qu'elle avait sur moi : à cause de la fermeture des cinémas, un film dans lequel je jouais n'en finissait plus de ressortir. Mon visage commençait à jaunir sur les colonnes Morris. Être reconnue ne m'empêchait ni d'avoir le trac, ni de me comporter avec elle comme une débutante. Je me levai en me prenant les pieds dans ma chaise tandis qu'elle me saluait froidement. Les gestes barrières, pour une fois, arrangeaient bien nos affaires. Peut-être nous souviendrons-nous tous avec étonnement de l'époque où nous nous embrassions généreusement sur les deux joues, pensais-je en l'invitant à s'asseoir. Nos enfants riront-ils de ces habitudes d'une autre époque ? J'en étais nostalgique d'avance. *Oh, pourvu que rien ne change*, me répétais-je. *Faites que nous retrouvions vite notre insouciance.* Elle se taisait, attendant que je lance les hostilités. Ses yeux, au-dessus du masque, avaient une expression enfantine et butée qui me fit sourire malgré moi.

Vingt ans de moins, grande, fellinienne, cette femme était mon exact contraire. Ses yeux noirs me scrutaient en silence. J'avais tout préparé. Ce que j'avais à dire, je l'avais appris par cœur. Rien d'original, il s'agissait seulement de la convaincre d'abandonner la partie. J'avais été d'une patience exemplaire, mais à présent, il fallait qu'elle comprenne, elle devait partir sans faire d'histoires, oublier les fabuleux arguments que lui offrait sa jeunesse pour s'incliner, et renoncer à lui définitivement. Ne voyait-elle pas ce qu'il y avait d'indigne à profiter ainsi de nos faiblesses et de mon insuffisance ? Allait-elle continuer longtemps à détourner sa tendresse ?

Plus troublante encore que sur les photos, je la détaillais sans m'en cacher. Sa peau dorée, ses longs cheveux noirs, ses mains fines posées à plat sur la table, sa poitrine compressée dans une chemise trop étroite qui se gonflait de courtes inspirations d'oiseau affolé, de plus en plus saccadées. Craignait-elle autant que moi cet affrontement ? *À quoi bon ?* me soufflait une petite voix. *Elle est si belle. Qui pourrait lui résister ?*

Le serveur s'approcha en souriant, nous prenant pour deux amies.

L'horloge du bar n'affichait que cinq heures dix, mais C. réclama à son tour un verre de vin. « Avez-vous regardé la carte ? Lequel vous ferait plaisir, Madame ?

— Je vous fais confiance. » L'homme, ravi, s'empressa de la satisfaire, comme si elle lui offrait enfin l'occasion de prouver ses talents.

D'un commun accord, nous attendîmes son retour avant de nous lancer dans le vif du sujet. Pour meubler, je la questionnai sur son confinement parisien. Elle me confia sa peur dans les rues désertes. À deux reprises, elle avait croisé une bande de jeunes qui flirtaient avec les passantes. Des gosses dévorés d'ennui, fiers de leur nouveau jeu. Ils avaient sûrement contaminé des gens… Cherchait-elle à éveiller mon empathie ? *C'est moi,* pensai-je, *moi qui mérite la sienne !*

Lorsque le garçon arriva avec son plateau, elle ôta juste son masque pour boire, mais on aurait dit qu'elle se déshabillait entièrement. Sa bouche était très rouge, bien que sans trace de maquillage, et je remarquai une petite cicatrice au-dessus de sa lèvre, déjà ancienne, presque blanche. Blessure d'enfance.

Notre conversation s'essoufflait, nous n'étions toujours pas passées aux choses sérieuses. Je biaisai, commandai carrément la bouteille, projetant de fuir dans le même temps. Qu'est-ce qui m'avait pris de nous réunir ? Je pourrais faire semblant d'aller aux toilettes, je n'aurais qu'à me glisser derrière une colonne et attendre qu'elle ait le dos tourné pour me faufiler vers la sortie.

Mais elle s'échinait à capter mon attention, suggérant qu'elle était prête à s'attaquer au cœur du problème. Au lieu de percer l'abcès une bonne fois pour toutes, je me lançai dans un plaidoyer absurde pour le télétravail, répétant les déclarations idiotes entendues à ma droite quelques instants plus tôt, « c'est incroyable comme ce qui nous paraissait impossible autrefois est si rapidement devenu notre quotidien, vous ne trouvez pas ? » tout en visualisant les bras de mon mari autour de sa taille. *Je suis certaine qu'elle en fait trop, qu'elle se cambre à en avoir mal au dos, et qu'à peine pénétrée, elle se met à miauler.*

Ahh ! Ahh ! Hiiii !... ses cris suraigus, dignes d'un érotique japonais, me transpercent les oreilles, quand soudain, je m'entends dire : « À quoi pensez-vous quand il vous fait l'amour ? » Je dois être aussi rouge que la table et les tentures du café. « Ça m'intéresserait vraiment de le savoir », je bafouille encore, tandis que mon cœur se contracte douloureusement. J'ai tellement chaud, d'énormes gouttes de sueur glissent au ralenti sur mon front brûlant. La faute à ce troisième verre de vin sans doute. Elle me fixe, interloquée, se demandant si c'est un genre de provocation de ma part, si je suis folle ou si je m'intéresse sérieusement à la question. Je la regarde, débordant d'émotion. Je ne respecte pas le protocole.

Je ne suis ni en colère, ni jalouse, je lui ai laissé la meilleure place, face à la salle. Je l'ai servie et resservie, je crois avoir même proposé de trinquer. Je m'invite dans leur histoire, refusant obstinément de jouer les personnages secondaires. Je ne l'ai ni attaquée, ni sermonnée, et voilà que je ne cache plus mon excitation. Et si je lui proposais de s'attacher à moi plutôt qu'à lui ?

Ma jalousie, en fin de compte, n'était pas celle que j'avais imaginée. Du moins, elle prenait un tour inattendu. Pourquoi serait-il le seul à posséder son ange consolateur ?

Sur son visage rond à la peau lisse et soyeuse, on devinait aisément l'enfant qu'elle avait été. Réservée et pourtant espiègle. Je me demandais si cet enfant-là avait été suffisamment aimé. Ses parents l'avaient-ils encouragée, admirée, ou ne l'avaient-ils nourrie que de leurs propres désirs, étouffée sous les regrets ? Prête à parier qu'ils ressemblaient aux miens ! Si occupés qu'ils n'avaient pas pris la peine de soigner cette mauvaise cicatrice sur sa peau fragile.

J'attrapai mon manteau posé au dos de ma chaise, puis me penchai pour embrasser la petite couture blanche au coin de ses lèvres trop rouges.

Maintenant que je m'étais réconciliée avec ces tromperies imaginaires, peut-être allais-je être enfin libre de poursuivre mon histoire ?

Mon tour

La journée s'était bien passée. J'avais été chercher Paul et Nina à l'école, nous avions joué et même dansé, je m'étais battue ensuite pour qu'ils se lavent, ne s'endorment pas le ventre vide et que le petit ne lise pas trop longtemps au lit, je pouvais donc goûter en toute sérénité ma solitude retrouvée. Dans la peau d'Emma, j'étais prête à rejoindre Jean dans notre forêt victorieuse. J'espérais même fêter d'autres retrouvailles, celles de mon personnage avec Marc, l'heureux élu de la Providence, lorsque la sonnerie du téléphone me fit le coup d'une décharge électrique. Je décrochai aussitôt pour ne pas réveiller les enfants. Après quelques secondes d'hésitation, une voix féminine lança à l'autre bout du fil : « Pardon de vous déranger et d'appeler comme ça. Vous n'avez sans doute aucune envie de m'entendre… mais je vous dois des excuses. » Je laissai la femme bafouiller, s'enferrer dans ses explications et ses regrets, ne m'attendant pas à un tel rebondissement. Après m'être sentie seule et affligée durant des semaines, après avoir eu la certitude de nager en plein délire, m'être persuadée d'avoir tout inventé, voilà que les êtres autour de moi reconnaissaient enfin leurs torts. Au lieu d'avouer ma fureur, je lui confiai plutôt ma stupéfaction. Outrée par sa double indignité, je lui demandai si elle avait définitivement perdu le sens commun. Espérait-elle un meilleur accueil ? L'espace d'un instant, je crus qu'elle allait raccrocher, mais, alternant tutoiement et vouvoiement, mon interlocutrice ajouta d'une voix blanche qu'elle souhaitait seulement me voir, et parler, simplement parler. « Ne réponds pas tout de suite, répétait-elle, m'encourageant à réfléchir. Je comprends d'autant mieux vos doutes et tes scrupules… que j'ai moi-même du mal à y voir clair. » Elle se racla la gorge avant de poursuivre, avec plus d'assurance cette fois. Évidemment, leur liaison était sur le point de s'achever, elle allait rompre, je pouvais d'ores et déjà considérer la chose acquise. Ce qui lui importait désormais, c'était mon pardon et notre amitié.

Fantasmée dans un moment d'égarement, notre rencontre au café se transformait soudain en réalité. La femme ne parlait que de son désir de se racheter, de m'apaiser, espérait-elle, mieux que personne. « Mieux que lui… » Je n'avais qu'à lui faire signe d'une manière ou d'une autre. Elle me laissait ses coordonnées, et attendrait le temps nécessaire, des mois s'il le fallait. La voix dans le téléphone s'interrompit brusquement. Me proposait-elle de le remplacer ? L'appareil collé à l'oreille, je réprimai un rire trahissant mon désarroi, mais elle avait déjà coupé.

La nuit entière, je restai clouée sur ma chaise, à observer les poussières s'agiter autour de la lampe. En me levant, mes jambes tremblaient, ankylosées. Je ne sentais plus mon corps, seulement ses lèvres sur les miennes. Comme si elle venait, à l'instant, de me rendre un baiser.

J'aurais voulu avoir un témoin, pour être sûre de n'avoir pas rêvé. Après m'avoir tant fait souffrir, exerçait-elle sur moi un nouveau supplice ? Ressemblerais-je, au bout du compte, à mon père, dont le goût pour les hommes lui fut révélé sur le tard ? Si je n'avais jamais aimé aucune femme, j'avais cependant toujours considéré l'alternative possible. Préférant se ranger dans une rassurante conformité, nos cœurs fragiles, impressionnables, ne nous dissimulent-ils pas souvent la vérité ? Eux qui, pour leur survie, ont pris l'habitude de se conduire comme de bons élèves ?

Je me réfugiai sous la douche, et laissai couler l'eau tiède sur ma peau. Alors que la deuxième vague ne semblait pas vouloir prendre fin, une émission à la radio parlait déjà de la troisième, venue cette fois de son pays à lui, l'Angleterre. L'avenir ne m'avait jamais paru si incertain, le fragile équilibre de nos existences menaçait de rompre à chaque instant, la charge était trop lourde, il me semblait que le toit de l'appartement lui-même risquait de ployer sous l'effet conjugué des catastrophes amoureuses et sanitaires. En apparence pourtant, rien n'avait changé, il y avait les enfants que je réveillerais dans quelques heures, le petit-déjeuner à préparer, je devais absolument me ressaisir. Je m'efforçais mentalement de redresser le plafond qui, sous l'effet de l'angoisse, me paraissait aussi incurvé qu'une toile de tente chargée de pluie. *Il faut pourtant que les choses tiennent, le monde ne peut pas continuer à se désintégrer chaque jour sous mes yeux !* Le miroir de la salle de bains me renvoyait une image fantomatique que j'avais de la peine à reconnaître. Visage pâle, traits tirés, comme si j'étais atteinte d'une maladie mystérieuse. Je l'étais sûrement. Un mal dont j'ignorais tout, qui me rappelait ces jours de fièvre dans mon lit une place. Tandis que mes camarades jouaient et criaient dans le square d'à côté, je me contentais de fixer des heures durant les draps trop blancs, humides de transpiration, et puis le ciel à ma fenêtre, les nuages gris qui s'étiraient pour prendre des formes bizarres... Le soir, en me bordant, ma mère n'avait qu'un mot à la bouche : « Patience ! », j'avais fini par croire que c'était le nom de l'affection dont je souffrais. *Mon Dieu, si tu m'entends, fais que je guérisse vite de cette Patience qui me fait mal au ventre !*

Mes clavicules dans la glace saillaient sous ma peau fine, les os de mes épaules se dessinaient à présent parfaitement, et leurs reflets sur la vitre brillaient d'un blanc jauni. Celui d'un squelette de cours d'anatomie. Mes seins avaient considérablement diminué, comme aspirés de l'intérieur, ils se plaquaient sur un torse devenu plus masculin. Un corps d'adolescent vieilli prématurément. Allait-on encore le trouver beau ? Quelle musique pourrait donc en sortir ? De faibles cris comme des soupirs. Des plaintes timides, un peu honteuses.

Certaines femmes s'arrondissent avec l'âge, leurs hanches, leurs ventres s'épaississent, quand d'autres s'assèchent au contraire, se glacent jusqu'à perdre toute trace de leur ancienne opulence. Je pressentais que, comme elles, ma timide féminité ne tarderait pas à disparaître, alors pourquoi ne pas me réchauffer à la sienne ?

À midi dix, je recevais son message avec l'adresse où je pouvais la retrouver, écrivait-elle, pour un verre ou un déjeuner. Aujourd'hui, demain, peu importe. Quand je le souhaiterais... J'attrapai mes clés sur-le-champ, mon manteau, et me précipitai dans les escaliers pour la rejoindre.

En marchant vite, j'en avais pour moins d'une demi-heure. Dans la rue, je courais presque, regrettant de ne pas m'être maquillée. De toute façon, à ce rythme, j'arriverais en sueur. Au moins épargnerais-je à mon visage cramoisi les traces de fond de teint et les coulures de mascara. Quoi de plus pathétique et désolant que la teinture noire dégorgeant des cheveux de Dirk Bogarde sous le soleil de *Mort à Venise* ? À cause du masque, la buée recouvrait mes lunettes, je trébuchais sur le trottoir. À quoi bon s'affoler, personne ne m'attendait, je n'avais pas eu le courage de la prévenir de mon arrivée. Le cœur battant, je me précipitais pourtant, m'accrochant à l'espoir d'une entrevue, d'un geste tendre, d'un baiser, réalisant combien j'en étais affamée. Ma gorge était sèche, pleine de piques à avaler, était-ce l'idée de la voir qui me rendait malade ? Je grelottais et transpirais en même temps. Il se mit tout à coup à pleuvoir de la neige fondue, et l'asphalte se transforma bientôt en patinoire, mais je continuais de me hâter. Pour chasser les images troubles qui m'accompagnaient, de plus en plus explicites, je me concentrais sur le mouvement du rond bleu sur mon portable, m'évertuant à suivre le GPS – en réalité, je ne sais lequel rattrapait l'autre, car une partie de moi était déjà là-bas. Sous mon FFP2, je croyais respirer le parfum de sa peau salée, l'odeur âcre de ses aisselles, ses longs cheveux noirs me caressaient les bras et les épaules, comme des algues flottantes, je pouvais même sentir sa main descendre sous mon pull, ses doigts frôler mon ventre, jusqu'à ce qu'une onde de désirs électriques m'immobilise au pied de l'immeuble où elle travaillait. Les noms de plusieurs sociétés s'affichaient dans le hall d'entrée. Un mur entier constellé de plaques dorées. Je me postai sous le porche, prête à patienter le temps qu'il faudrait. Une femme pressée me passa sous le nez, suivie d'un groupe d'hommes, et je fus aussitôt submergée par la honte, leurs présences contrairement à la mienne étaient légitimes. Je reculai dans l'ombre. Véritable passe-muraille, on aurait pu me confondre avec les murs sales. C'était l'heure du déjeuner, et les costumes-cravates se succédaient désormais par grappes. Personne ne suivait donc les consignes ? Moi qui les croyais cloîtrés dans leurs appartements, victimes du chômage partiel, voilà qu'ils défilaient de plus en plus nombreux, si sûrs d'eux et pourtant si fragiles sous leurs masques chirurgicaux. Certains portaient même des gants en plastique. À les voir ainsi équipés, je fus envahie par un élan de sympathie. Malgré le froid, la pluie, ils se ruaient vers les terrasses et s'agglutinaient sous les stores. Après ces mois de confinement, de couvre-feux toujours plus précoces, personne ne supportait d'être enfermé. Moi seule m'apprêtais à rentrer – à me plier bien sagement à toutes les règles et aux mauvais coups du sort – quand Elle finit par arriver. Imitant ses collègues, elle m'ignora. J'avalai ma salive, trop acide. J'avais beau l'appeler, le son restait coincé, comme un os minuscule, fiché en travers de ma gorge. À ma troisième tentative, elle se retourna enfin, et sans affecter la moindre surprise, m'intima l'ordre de la suivre. Elle marchait vite. L'ascenseur était occupé, agacée, elle préféra prendre les escaliers. Je lui emboîtai le pas, tel un enfant inquiet trottinant derrière sa mère. Bâtiment B, 3e étage, couloir gauche, salle de réunion, elle referma la porte derrière nous. Sa bouche était encore plus douce que dans mes rêves, tout comme ses joues nues, dépourvues de cette satanée barbe de trois jours qui me laissait toujours des cicatrices. Elle m'allongea sur le sol pour me couvrir de son corps, sa légèreté m'étonna, malgré ses formes généreuses, je sentais à peine son poids sur mes hanches. Elle ôta sa chemise, chercha mon regard ou mon assentiment, mais je fixais le mur blanc face à moi, admirant nos ombres qui s'accouplaient sur l'écran. Que chuchotait-elle à mon oreille ? Tout allait trop vite, mon sexe jouissait avant d'être touché, le plaisir, sous ses caresses, s'élargissait comme des ronds dans l'eau. Sa poitrine nue qu'elle frottait contre la mienne déclencha des frissons si violents que je crus m'évanouir. Savait-elle combien j'avais besoin de ce vertige ? Comme il m'avait manqué ces dernières années ? Sa langue ouvrait des puits de douceur, ses baisers me faisaient fondre, j'étais prête à me dissoudre, à m'abandonner entièrement en elle pour partir dans ce monde de joie que je ne connaissais pas.

Leurs retrouvailles

Du calme ! Je dois me tenir tranquille, me barder de confiance. M'en recouvrir le cœur et l'esprit, comme une armure. Mon cerveau, ma poitrine, ma peau ne seront pas le réceptacle de leur union, la toile de fond sur laquelle se dessine cette histoire. J'essaie de ne rien supposer. J'ai appris à dompter mon imagination lors de ce confinement. Durant des mois, je me suis entraînée. Je dois continuer à repousser, à déchirer les images avant qu'elles ne prennent forme et ne viennent se loger dans ma cervelle ! Je ne leur donnerai aucun support, aucun cadre, je les obligerai au contraire à se diluer dans l'air et dans l'espace. Alors leur amour deviendra aussi insignifiant qu'une goutte de peinture dans un verre d'eau ou que les volutes bleues de ma cigarette qui se dissipent dans la pièce.

Commençons par remettre les choses à leur place. Ce n'est pas moi qui ai rendez-vous, c'est lui ! Il va la revoir, il est en train de la revoir. Et je me force à ne pas penser à la fébrilité qui doit être la sienne, à sa façon de lui dire bonjour, je ne veux pas voir la rougeur qui empourpre ses joues, ni me demander s'il va s'asseoir près d'elle, ou s'il prendra soin, au contraire, de conserver une certaine distance. Réduiront-ils cet écart au fil des jours, des heures ? Portera-t-elle une robe, un pull en V échancré ? Évitera-t-il d'admirer la naissance de ses seins ? Ou plongera-t-il ses yeux clairs dans son décolleté, avant d'y glisser sa main ? *PAS D'IMAGES ! On avait dit, pas d'images…*

Je lutte, je suis en plein sevrage, l'imaginaire est une drogue dure. J'ai passé mon existence à m'en repaître, à travers les personnages auxquels je prêtais ma voix. Mais ces deux-là sont bien vivants ! Et je ne veux pas les regarder se toucher, les entendre rire. Je n'ai rien à penser, rien à en dire. On ne m'a pas consultée. Jusqu'à la fin, le rôle qu'on m'a attribué est celui de l'ombre silencieuse. Il n'y a plus rien à faire, rien à tenter. Juste attendre, souhaiter que ça passe. Et ça passera…

Déjà la douleur a presque disparu. Ne subsiste que cette brûlure au creux de la poitrine, une pression de plus en plus légère, bien que continue, et, au fond de ma gorge, plantée dans la chair, cette arête fichée au travers. Je ne l'appellerai pas au téléphone, je ne l'interrogerai pas et ne chercherai pas à le piéger par des phrases détournées, je ne ferai aucun commentaire, je ne blaguerai même pas. Je ne lui raconterai pas non plus ma journée, quel intérêt de savoir que j'ai cassé une assiette ? Que je me suis brûlée à la cuisinière, pour finir par flinguer une casserole ? Serait-il ému d'apprendre que je cherche à me blesser, comme si l'entière responsabilité du naufrage m'incombait ? Je n'aurai aucune réflexion amère, car j'ai choisi de suivre l'autre voie. Le Chemin solitaire, celui dont parle Arthur Schnitzler. Je suppose qu'il est aussi plus lent, sans doute aussi plus éprouvant, bien qu'il soit impossible de le vérifier, puisque nous ne disposons que d'une seule et unique possibilité. J'aurais pourtant voulu qu'on me laisse, au moins une fois, retourner sur mes pas. Dans ma situation, on devrait pouvoir tout essayer. À défaut d'obtenir quelques garanties, qu'on m'accorde au moins une alternative, n'importe laquelle, que je puisse poursuivre la route sans regrets.

Mais le programme se passe en temps réel, chaque décision en induit une autre, chaque mot, chaque parole nous engage, impossible d'être à deux endroits à la fois. Rompre ou accepter. Fuir ou endurer. Se battre ou renoncer. Le choix s'impose.

Je prends donc la liberté de rester, quand je pourrais m'en aller. Pour certains, je parais manquer de force et de courage. J'entends des voix railleuses, dois-je leur prêter l'oreille ? « Pourquoi te gorger de faux espoirs. Les faibles imaginent accorder leur confiance, alors qu'ils ne font que fermer les yeux. Une tromperie en entraîne une autre, et l'amour se transforme en passoire. Où étancheras-tu ta soif ? Non, mieux vaut se draper de dignité, et partir avant qu'il ne soit trop tard, recommencer ailleurs… »

Les certitudes, je le sais, ne reviendront pas avant des mois, peut-être des années. Les grand-huit en revanche finiront bien par s'arrêter. Depuis peu, ils ne te précipitent plus à terre, à la vitesse vertigineuse des jours passés. Alors, je referme la porte derrière moi, je me retire sans faire de bruit, et les laisse se retrouver, se déchirer, s'empêtrer dans leurs contradictions.

Mais avant de m'éloigner, j'aimerais vous questionner une dernière fois : comment faites-vous ? Vous qui savez, qui vous riez du mensonge ? Êtes-vous plus sages, plus libres, plus tolérants ? Ou juste malades d'indifférence ?

Si la chanson est sur toutes les lèvres, si l'histoire est à ce point banale que certains l'encouragent, n'oubliez pas que d'autres en sont devenus fous. Souvenez-vous que le crime d'amour reste un motif plaidable. Dans ce cas, comment expliquer que, malgré les risques encourus, vous continuiez avec ou sans état d'âme ; quand d'autres ne s'autoriseront jamais à franchir la ligne ? Je voudrais que la journée s'achève, je pourrais enfin remplir mon verre de vin, le vider d'une traite puis m'en verser un deuxième et ainsi de suite… peut-être alors parviendrais-je à me détendre, et à oublier tout ça ? Au lieu de faire semblant, de prétendre diriger ailleurs mes tristes pensées héliotropiques.

La voie claire

Je ne dors pas, je ne sais que faire des montagnes de questions que je n'ai pu lui poser.

Et celles que je m'adresse à moi-même restent sans réponse : pourquoi me sentir misérable ? À quoi bon me convaincre que c'est ma faute ? Serais-je à ce point insuffisante ? L'ai-je toujours été ? Sinon, quand le suis-je devenue ? À quel instant mes déficiences lui sont-elles apparues ? Qui s'est chargé de les lui révéler, quel événement a fini par me trahir ?

Les jours passent, j'ai renoncé depuis longtemps aux pensées trop saines pour m'enfoncer dans des forêts obscures. Mes rêveries prennent des directions inattendues, alimentant, à parts égales, désirs débridés et douleurs renouvelées. Je ne les rejette pas, j'ai appris à accepter les méandres inquiétants de mon monde intérieur. Je refuse d'y opérer le moindre tri. Dans les limites de ce grand cercle noir, rien ne m'est interdit, je laisse émerger les impressions confuses, ambivalentes et même obscènes, chacune d'elles m'est précieuse. Du moment que je suis seule à les contempler, mes fantasmes ne blessent que moi.

À l'aube de l'adolescence déjà, j'avais choisi mon camp. Après avoir tant vu souffrir ma mère, je me jurai, quoi qu'il en coûte, d'épargner les autres. Je ne leur infligerai pas cette torture : je ne briserais personne. En toute innocence, sans rien connaître encore des fièvres, des déceptions amoureuses, je m'étais fait cette promesse silencieuse. J'étais capable de l'énoncer à voix haute : « Je ne prétends pas être meilleure, certaines transgressions, sans doute, sont inévitables, et même nécessaires, mais laissez-moi plutôt suivre la voie claire. »

Le champ libre, je préfère l'accorder à mes pensées. Je prends plaisir à les sentir se déployer, habiter chaque repli de mon âme, palpiter sous ma peau. Là du moins, mon cœur et mon esprit restent ouverts. Je les laisse aller où ils veulent ; et même la rejoindre :

Un couple sort de son immeuble, je me glisse comme une ombre dans l'entrée, avant de m'aventurer dans les étages. Au premier, la plaque d'un avocat, au deuxième, celle d'un médecin, au troisième une vieille étiquette d'anniversaire annonçant « C'est ici ! ». Au cinquième, son appartement. Je m'apprête à sonner, quand elle ouvre la porte, son manteau à la main. Elle se fige devant moi. Puis, d'un simple mouvement de tête, elle m'accorde le droit de la suivre à travers un long couloir jusqu'à sa chambre. Elle y dépose mon sac et mes affaires, et se laisse maladroitement tomber sur une chaise. Je me tiens face à elle. Je n'ai rien à lui dire. Je veux juste qu'elle me regarde, qu'elle reconnaisse mon existence. Alors doucement, sans faire de bruit, je m'approche, j'ai besoin de sentir son parfum, sa chaleur, de l'entourer de mes bras nus. Après l'avoir tant imaginé, je veux serrer ce corps, vérifier sa réalité, sa perfection. J'ôte son pull, dégrafe sa robe, baisse ses collants… Elle se laisse faire. J'écarte ses jambes, m'efforce de rouler sa culotte jusqu'aux chevilles, je peux l'observer entièrement, elle est à ma merci. Ses seins lourds pèsent dans mes mains, le reste de son corps se tient tendu, son dos s'incline en arrière, j'aimerais être un sculpteur ou un peintre pour graver ses mouvements, le dessin de ses muscles, les renflements de sa chair, l'inclinaison de sa tête, la peau lisse et blanche de son cou, la souplesse de son ventre qui s'étire, de ses fesses, je veux les tenir, les saisir encore, avant d'y coller mon corps, peau contre peau, éprouver sa douceur, caresser la texture de soie de ses épaules et de ses bras, embrasser l'intérieur de ses cuisses, sentir l'humidité de son sexe, le contourner seulement jusqu'à ce qu'il s'ouvre, poser ma joue sur les poils de son pubis, embrasser l'aine, lécher les lèvres, y frotter les miennes, attendre que cette bouche m'appelle, hurle d'impatience, puis enfoncer ma langue pour boire sa salive, l'aspirer, et l'emporter avec moi. La posséder comme lui.

Et plus tard, quand je verrai qu'il ne m'écoute pas, lorsque je le surprendrai dans ses rêveries, s'imaginant être avec elle, je ne perdrai pas de temps à le questionner, je me tairai, car je saurai. Je saurai.

Remontée d'escaliers

Jusqu'où ma jalousie m'a-t-elle entraînée ? Si seulement j'avais pris la peine de le questionner, ce samedi de mars, je n'aurais pas fantasmé toute cette histoire. J'aurais su que c'était à Helen, à sa sœur, qu'il adressait ses paroles de réconfort. Dans son minuscule deux pièces en banlieue londonienne, Helen n'avait pas notre chance. Nous étions enfermés aussi, mais du moins nous pouvions ouvrir les fenêtres et sentir la présence de la mer. À marée basse, le vent nous soufflait son parfum iodé, les odeurs d'algues séchées emplissaient notre jardin. Même minuscule, ce carré de verdure permettait à chacun de s'évader. Pour la première fois, nous pouvions l'observer en cette saison. Les centaines de petites fleurs violettes qui recouvraient l'herbe lors de notre arrivée avaient vite fané, mais de nouvelles feuilles étaient apparues sur les arbres qui trônaient au milieu de la pelouse. Et un parterre de roses choyées par les anciens propriétaires résistait.

Tous les soirs à la tombée de la nuit, je les en remerciais. Après en avoir choisi une au hasard, je m'agenouillais près d'elle, je la complimentais sur sa beauté, j'admirais en silence sa taille, le nombre de boutons et l'éclat de sa couleur. Pour ne pas risquer de faire tomber ses pétales, j'effleurais la tige du bout des doigts, en prenant garde d'éviter les épines : « Je ne t'aide pas beaucoup, mais peut-être est-ce suffisant ? Reste. Reste avec moi, s'il te plaît, ne meurs pas. Continue de grandir. Et pardonne-moi si je ne sais pas… si je n'ai pas su m'occuper de toi. »

Belle

La Providence

> « Je compris que pour rédiger ce conte, je devais devenir cet homme et que pour devenir cet homme je devais rédiger ce conte, et ainsi de suite à l'infini… »
>
> *L'Aleph*, Jorge Luis BORGES

Marc était là. Depuis la rue, Emma l'observait.

Entouré de Peyo, Fib et Xabi, il buvait sa bière en silence, recueilli près du bar. Emma ne voyait que lui, ses cheveux longs, son visage pâle, sa bouche qui n'en paraissait que plus rouge – autour les autres restaient flous.

Le ciel de novembre était si bas qu'on n'apercevait plus la ligne des montagnes. Dans cette morne plaine, Emma se dirigeait vers l'entrée avec l'impression que les nuages effleuraient sa tête, elle pouvait sentir leurs mains moites et cotonneuses glisser sur son crâne, leurs doigts effilés caresser sa chevelure avec insistance. L'humidité s'infiltrait sous la peau. Déroulant son écheveau d'heures ternes, chaque jour ressemblait alors au précédent, seules les allées et venues à l'école rythmaient ce paisible quotidien. Fantastiques soubresauts sur le tracé de son encéphalogramme plat, ses escapades à la Providence formaient des pics salvateurs. D'une intensité délicieuse, elles étaient l'envers de la vie si tranquille où elle se tenait cachée, bien à l'abri. Quand la nuit tombait, Emma aimait en franchir le seuil. Ce lundi-là, elle s'installa à sa table et écouta les conversations en goûtant les desserts d'Eugénie, incapable de maîtriser le tremblement de ses mains. Marc semblait n'avoir pas bougé depuis la veille. Emma aurait dû s'y habituer, mais cette présence l'étonnait toujours. Et toujours elle espérait qu'elle la concernait. *Qu'attend-il de moi ? Lorsque je ne viens pas, s'attarde-t-il aussi longtemps ? S'accorde-t-il le droit de bavarder avec les gens de passage, de rire avec ses amis, ou garde-t-il pensivement les yeux fixés sur ma chaise vide ?* Elle avait l'intuition qu'il restait à l'écart de l'agitation générale. Qu'en son absence, il se contentait de l'attendre, et qu'il continuerait de le faire avec opiniâtreté durant des années, des siècles s'il le fallait. À moins que cette formidable patience qu'elle se plaisait tant à lui attribuer ne fût plutôt la sienne – elle qui se retenait de se jeter à son cou, de saisir ses mains pour les plaquer sur ses hanches, de le mordre à défaut de le posséder ! Oui, de rage, de dépit, elle lui aurait volontiers arraché un minuscule bout de chair pour éprouver enfin sa réalité… comme l'avait fait avant elle Sylvia Plath, frappée d'un coup de foudre : ils s'étaient à peine croisés à l'université, et puis un soir, Sylvia s'était jetée sur le poète Ted Hugues pour lui mordre la joue, prélude à un mariage de deux mille trois cents jours…

Souvent Emma surprenait son regard qui désormais se posait sur elle. Les yeux clairs ne se détournaient plus, semblant s'étonner de cet étrange face-à-face, comme s'ils se trouvaient de part et d'autre d'une fenêtre qui ne s'ouvrirait jamais. Elle était persuadée d'en porter l'entière responsabilité : elle avait quitté l'ancien monde sans pour autant s'être posée sur celui-ci, se contentant de graviter autour d'Adèle et des enfants, reliée à rien. D'une vie à l'autre, elle errait en apesanteur.

Cependant l'espace autour d'elle s'était considérablement élargi. Le film, à présent, était projeté en Scope, et ses pensées pouvaient se déployer à loisir sur l'écran.

Mais changer de nom et de décor suffit-il à faire de moi quelqu'un de différent ?

« Quelqu'un de différent ? » Penchée sur mon cahier, Marc m'interrogeait, me parlait pour la première fois. « Pourquoi changer, vous êtes très bien comme ça ! » assura-t-il en s'emparant d'une chaise, jonglant avec, avant de l'installer plus près. *Pas maintenant, pas comme ça !* me désolais-je. *Moi qui m'arrangeais toujours pour le garder en ligne de mire, que s'était-il passé ? Quelques secondes d'inattention avaient suffi pour qu'il me surprenne de la pire des manières.* Je clignai nerveusement des paupières, tandis qu'il continuait à me questionner en désignant mon carnet. Je le glissai sous mes mains pour le faire disparaître. Imperturbable, Marc continuait de fixer la couverture bleue. Avait-il deviné que ce modeste cahier d'écolier renfermait un dossier de la plus haute importance, pas moins que les clés de ma nouvelle existence ? « J'ai juste rassemblé quelques photos, des idées glanées ici ou entendues dans la rue… et aussi des poèmes. » bégayai-je. *Pourvu qu'il n'abuse pas de son pouvoir sur moi, qu'il ne plonge pas ses yeux dans les miens, qu'il ne profite pas de notre proximité pour me mettre à nu.* Ignorant mes prières, il s'approcha encore : « Vous êtes une drôle de nounou, doublée d'une espionne ! Qu'avez-vous noté dans ce joli cahier ? Quelles photos m'avez-vous volées ?

— Je n'ai volé personne ! m'écriai-je. Je dois juste terminer un reportage sur la migration des oiseaux. » Il secouait la tête, sceptique. « Pour la plupart des espèces, il n'existe qu'une seule route, insistai-je, désireuse de prouver mes compétences, et nous sommes pile au bon endroit. Les oies *Anser anser,* par exemple, traversent Lepokoa depuis toujours. Elles ont de la chance, aucun risque de se perdre, comme nous, dans le champ des possibles… » Le sourire sarcastique de Marc eut raison de mes derniers sursauts de dignité. Était-ce la tension de sentir enfin son épaule contre la mienne ? Une larme énorme se mit à couler sur ma joue. Jusque-là, j'avais su convaincre sans trop de difficultés, j'étais toujours parvenue à donner le change : tous m'avaient crue, mères ou baby-sitters, professeurs, habitués de la Providence… et voilà que l'objet de tous mes désirs était sur le point de me démasquer. Une petite fille humiliée par son maître d'école, Emma la menteuse, prise la main dans le sac ! Embarrassé soudain, Marc déballa le petit chocolat offert avec le café qu'il s'apprêtait à boire près de moi, et me le fourra dans la bouche. S'emparant de ma serviette, il s'appliqua ensuite à essuyer mon nez rouge, *souffle, allez, souffle*… Après avoir si bien joué les pères consolateurs, il paya nos consommations, et s'en alla en silence.

Notre rencontre n'était pas passée inaperçue. À peine avait-il franchi la porte, qu'Eugénie se dépêchait de l'excuser : « Je ne sais pas ce qu'il s'est passé, mais il ne faut pas lui en vouloir. Pourquoi ne lui ont-ils pas laissé sa chance ? Quel gâchis ! Lui faire gérer les fonds de rayons d'un supermarché ! Avec ses études, son ambition… » Je la rassurai, je maîtrisais mal mes émotions, Marc n'y était pour rien. Après l'avoir si bien tenue à distance, la vérité exsudait par tous les pores de ma peau, et Eugénie m'observait d'un air circonspect. J'avalai la part de gâteau qu'elle s'était empressée de m'offrir, avant de disparaître à mon tour dans les ruelles sombres. Honteuse de mes larmes, je jurai de ne jamais revenir à la Providence. Sur le chemin du retour, un lampadaire clignota une dernière fois avant de rendre l'âme, je tâtonnai dans le noir, effrayée à l'idée de croiser une bande de chiens errants ou pire, de tomber sur lui. En refermant la porte de la maison, je palpai mon ventre, ma poitrine, soulagée d'être arrivée entière jusque-là.

Adèle s'affairait dans la cuisine. Elle remarqua aussitôt mon visage rouge, encore marqué par les pleurs, et me tendit une chaise. J'esquivai, incapable de jouer la comédie plus longtemps. Volets ouverts, chaussures aux pieds, je me couchai tout habillée, laissant enfin les larmes couler librement. Emma Auster, une nounou versée dans la photographie. Une pauvre idiote qui pleure dès qu'un homme lui adresse la parole. Une adolescente au corps saturé de désir, qui panique et manque de s'évanouir sitôt qu'on la touche, une vieille fille qui n'en revient pas que quelqu'un sèche ses larmes.

Impression d'observer le monde à la loupe. Dans la chambre, les fleurs du papier peint n'en finissent pas de se mélanger sous mon regard flou. À force de les voir se dédoubler derrière mes yeux embués, de suivre leurs tiges tremblotantes s'emmêler amoureusement jusqu'au plafond, je suis gagnée par une autre humidité, comme un soldat qui rêve de sa prochaine permission, je baisse à toute vitesse mon pantalon pour enfoncer mes doigts dans la chair brûlante. Et peu à peu, l'image de Marc vient se superposer aux fleurs. Entre deux guirlandes de myosotis, il me scanne avec la même intensité que dans le café. Je reconnais la calme insistance avec laquelle il a essuyé mes joues.

Après m'avoir tant vue pleurer, ses yeux braqués sur moi, à présent, me regardent jouir.

Ô ironie

Il suffit de le décider. Remplacer son visage par un autre, une pensée par une occupation bien réelle, faire la vaisselle, ranger, et puis écouter la musique à fond, sortir, marcher, courir, compter les palombes dans le ciel… Abandonner la Providence, lire un livre, regarder un film ou noircir des cahiers. Se concentrer sur les enfants. Je les ai délaissés ces derniers temps, pas concrètement bien sûr, personne n'a rien à me reprocher. Eux seuls, peut-être, ont senti combien j'étais ailleurs. Après l'incendie nous étions si proches, Jean ne m'avait pas quittée de tout l'été. Puis, sa rentrée en sixième s'était bien passée. J'avais tant de plaisir à l'accompagner au collège vingt kilomètres plus loin. Mais aujourd'hui, je n'ai plus la force, je le laisse attendre le bus scolaire sous la pluie. Je n'ai pas davantage le courage de jouer avec sa sœur. Je ne les photographie même plus. Mon intérêt ne s'est pas pour autant reporté sur les oiseaux. De toute façon, je n'ouvre plus les rideaux. Il fait sombre dans ma chambre et mon

Leica d'occasion prend la poussière sur une étagère. Je lis rapidement une histoire à Suzanne, et quand je les embrasse pour leur dire bonsoir, mes baisers sont froids. J'avais tant rêvé de ce tête-à-tête avec Marc ! J'en avais assez de passer ma vie dans de sinistres salles d'attente, il fallait bien que ça commence, que quelque chose commence ! L'espoir n'en finissait plus de s'étirer comme un élastique, prêt à claquer.

Et voilà que les filets dans lesquels je me convulsais soir après soir tel un poisson agonisant s'étaient déchirés à son sourire ironique : « Vous êtes une drôle de nounou, doublée d'une espionne… » *Il faut laisser les rêves où ils sont.* J'aurais voulu me frapper de l'avoir oublié. Même les enfants l'avaient compris. Renonçant aux charmes de la forêt, toute l'attention de Jean s'est cristallisée sur une fille de sa classe. Plus grande que lui, un brin revêche. Rien de dangereux ni d'impossible dans cette nouvelle attirance : mon protégé se trouve désormais sur la bonne voie. Et si Suzanne ne compte plus les jours qui la séparent du retour de son père, elle a également cessé d'attendre les visites nocturnes de ses remplaçants. La voir triompher de ses fantômes m'encourage mieux que tous les serments que je me fais à moi-même. À mon tour, je décide de mettre en place d'autres stratégies. Suzanne a pris l'habitude d'inviter la moitié de sa classe à goûter, et s'entoure, le soir, d'ours et de poupées jusqu'à ne plus pouvoir se glisser dans son lit. Si toute cette population semble former un barrage plus efficace contre l'angoisse que toutes les nuits passées à lui tenir la main, je prends soin, de mon côté, d'éviter la Providence. En dehors de l'école, de l'heure des mamans que je continue à respecter scrupuleusement, je ne mets plus le nez dehors. Au bout de quelques semaines, j'ai le sentiment d'être tirée d'affaire. L'excitation a disparu, une tiède mélancolie a pris sa place. Un sourire triste qui incite chaque jour la boulangère à m'interroger : « Que se passe-t-il, Emma ? Tout le monde s'inquiète pour toi… » Elle me scrute, contrariée. *Pourvu qu'elle ne saute pas par-dessus son comptoir pour me coller une main moite sur le front. A-t-elle reçu quelques émissaires de la Providence ?* Je brûle d'envie de lui poser la question. Un jour, au moment de payer, mon sac se renverse sur le carrelage, et plusieurs feuilles volent à nos pieds. Je me plie pour les ramasser, mais la boulangère, plus rapide que moi, s'en empare, et, avec une familiarité qui ne lui ressemble pas, se met à lire mes vers à haute voix :

« On sait quand ça commence
Pas quand ça finira
On sait qu'on a la chance
Terrible d'être là
Malgré ce que l'on pense
De tout ce que l'on voit
Même si donner un sens
À tout ne se peut pas

Oh iro, oh iro
Oh ironie de nos danses
Oh iro, oh iro
Oh ironie de nos choix

On apprend la souffrance
On livre des combats
Qui sont perdus d'avance
Et qui n'apportent pas
D'issue, de délivrance
On fait n'importe quoi
On a peur du silence
On hurle dans les bois

Oh iro, oh iro
Oh ironie de nos danses
Oh iro, oh iro
Oh ironie de nos choix »

J'ai beau tendre la main pour récupérer mon bien, elle continue de déclamer, jouant à y mettre le ton.

« Et vient la récompense
Quand on ne l'attend pas
Comme vient la pénitence
Quand on tendait les bras
On croit que l'on avance
En reculant d'un pas
On donne de l'importance

À ce qui n'en a pas

Oh iro, oh iro… »

Heureusement, nous sommes seules dans la boutique. Aucun spectateur pour applaudir la fin du poème. De plus en plus fébrile, je me balance d'une jambe sur l'autre, attendant ma libération. Elle agite à présent les petits tirages d'oiseaux que j'ai réalisés pour Adèle : « Il y a un concours de photographes amateurs en ville. Tu devrais t'inscrire. Tu commences à t'ennuyer avec nous. Il faut te trouver quelqu'un ou quelque chose… Non ? » Pour échapper à l'interrogatoire, je note avec application les coordonnées du concours :

Argazkigintzaren Bideak, 7e édition. Rendez-vous devant le fronton de la mairie pour une première sélection, le 20 novembre à 18 heures.

Certaine que les horaires ne conviendront pas, j'en parle à Adèle dès mon retour. « Je m'arrangerai », promet-elle, enthousiasmée par cette nouvelle perspective d'intégration. Ce projet m'aidera sans doute à dissiper l'air chagrin que j'affiche depuis peu. « Tu ne peux pas manquer une occasion pareille ! C'est la fin de l'année, quelques soirs de repos supplémentaires ne me feront pas de mal. »

Le mois suivant, je me rends donc en ville, en commençant par m'arrêter dans un bar pour avaler une rasade d'alcool substantielle. Sur la porte, une affichette confirme la réunion du jour. La façade de la mairie avec son policier en faction m'intimide, mais je rassemble mon courage et grimpe les escaliers en marbre, pensant à Émile Ajar. Si Romain Gary a réussi à duper tout Paris, nul doute que je saurai faire accepter l'existence d'Emma Auster aux organisateurs des Chemins de la Photographie.

Une visite

« Eugénie a laissé un message. Il y a une dame qui cherche sa fille à la Providence, m'annonce Adèle en émergeant de sa sieste quotidienne. Cours-y vite, je travaille plus tard aujourd'hui, ça me fera plaisir d'aller chercher les enfants… »

Je marche en tremblant jusqu'au café, je n'y suis pas retournée depuis des semaines. Mais si cette mère est la mienne, je ne peux pas prendre le risque de la laisser parler. Sous les décorations de Noël, je salue timidement l'assistance, tandis qu'Eugénie m'accueille avec chaleur, comme si je lui avais rendu visite la veille au soir. Le sourire aux lèvres, c'est bien ma mère qui m'attend à ma table habituelle. « Je commençais à m'ennuyer de toi. Ça fait presque un an, tu te rends compte ! Ah ah, tu ne m'attendais pas ! Mais dans tes lettres, tu m'avais parlé de la Providence, s'exclame-t-elle, triomphale. Et aussi de la Nive où Jean et toi avez pêché tout l'été !

— Ne parle pas si fort ! Qu'est-ce que tu leur as dit exactement ?

— Que je venais pour ma fille.

— Rien d'autre ?

— Non, je sais être discrète, pour qui me prends-tu ? La patronne, comment s'appelle-t-elle déjà ? Un nom de reine d'Espagne…

— Eugénie.

— Cette femme est d'une incroyable sagacité, elle a compris tout de suite que je venais pour toi. Inutile de lui raconter des salades. Remarque, maintenant j'ai de l'entraînement ! Toutes les histoires que j'ai dû rabâcher aux autres, quelle comédie ! Avec Martin, surtout.

— Je sais, maman, tu me l'as dit au téléphone. Tu vois, c'est d'ici que je t'appelais.

— Au début, il m'a littéralement harcelée !

— Tu as bien fait de lui dire que j'étais à l'étranger… Où, au fait ?

— En Sicile, j'ai une amie là-bas, qui a accepté de jouer le jeu. J'ai expliqué à ton bonhomme que tu avais besoin de changer d'air, et qu'il n'avait pas intérêt à venir te troubler s'il espérait te revoir un jour. J'en ai un peu rajouté, il a fini par se calmer… À ton travail, j'ai parlé de burn-out. Personne n'a insisté – c'est devenu tellement banal –, ton responsable a envoyé un mot que j'ai signé pour toi, tu te souviens ? Une lettre de licenciement déguisée. Je te l'ai apportée, tu veux la lire ?

— Non.

— Tu as raison. J'aurais mieux fait de la jeter. Ces gens-là ne pensent qu'à eux. Aucune empathie. On est bien, ici ! » affirme-t-elle en balayant la salle du regard, comme si elle projetait de s'y installer et faisait le tour du propriétaire. « Je voulais venir plus tôt. Je regrette de t'avoir écoutée. »

Le cœur las, je me demande jusqu'où il faudrait partir : même à l'autre bout du monde, il y aura toujours quelqu'un ou quelque chose à fuir…

La Providence commence à se remplir, c'est bientôt l'heure du match. Mes yeux anxieux fixés sur la porte n'échappent pas à ma mère : « Tu attends une amie. Un ou une ? C'est vrai, au fond, peut-être l'as-tu quitté pour un autre ? J'avoue que je n'avais pas imaginé ça, mais Martin y a pensé, lui, et c'est sûrement ce qui l'a mis dans cet état.

— Non, je ne t'ai pas menti, je n'ai rejoint personne. Je suis partie sur un coup de tête, c'est tout.

— Peu importe. Tu as raison, inutile de te mettre d'autres chaînes aux pieds, tu t'éviteras de nouvelles déceptions. Nous ne sommes pas seuls en ce monde, si nous savons rester en accord avec nous-mêmes… »

Je la laisse continuer sur ce mode qui peu à peu est devenu le sien, elle récite des phrases kitsch, apprises par cœur, « Sois attentive aux forces qui circulent dans l'univers… ». Ses yeux rayonnent d'un bonheur obligatoire. À force de « chercher l'harmonie », de « ne rien désirer, rien d'autre que ce qui advient », son visage, loin d'avoir trouvé « son moi véritable », me semble au contraire plus inquiet que jamais. Elle attrape ma main sur la table et la serre trop fort, espérant me rallier à sa cause. Fatigué de se plier à tant d'injonctions, son corps a maigri. Certaines paroles paraissent, malgré tout, livrer un semblant de réponse. Elles ont réconforté ma mère, peut-être sauront-elles apaiser mes doutes ? « S'il est vain de vouloir contrôler les événements, nous pouvons décider de ne pas être réduits à eux. Modifier notre façon de les appréhender est à notre portée, c'est le chemin que tu as pris en venant ici… »

Dans le silence qui suit, je vois Marc apparaître. Je dégage ma main de celle de ma mère qui me fixe toujours d'un air inspiré. J'ai honte. Et plus honte encore de ma honte. Petite fille, je rêvais d'une mère lisse et bien coiffée, qui n'afficherait pas cet air exalté, mais tiendrait des propos mesurés, distribuerait comme les autres des conseils avisés, des recommandations faciles à suivre. Au lieu de cela, je grandissais auprès d'un véritable brasier, une Thérèse d'Avila qui exhortait le monde entier à l'imiter. Son foulard jaune, ses vêtements trop grands, ses cheveux blancs coupés en brosse, ses pieds nus, dans de vieilles sandales en cuir été comme hiver – qui portait ça, à part les curés ?

Fib, Xabi et Peyo demeurent étrangement silencieux. Franck, le surfeur, n'a plus le moindre exploit à partager, il se contente de boire en commentant à mi-voix le match qui débute. Prêts à faire diversion, Henri et Eugénie s'agitent de plus belle pour protéger l'intimité de ces fragiles retrouvailles. Ma mère attend mes aveux, elle veut tout savoir de ma nouvelle vie, je chuchote, mal à l'aise. Dans mes lettres, j'ai été tour à tour évasive et rassurante. Mais à ses yeux brillants plantés dans les miens, je devine qu'elle espère davantage et ne partira pas avant de l'avoir obtenu. Comme chaque fois que je me trouve à ses côtés, je suis partagée entre le désir de fuir et celui de la serrer contre moi.

« Tu restes pour la semaine ?

— Non, je ne peux pas, je dois rejoindre mon groupe avant les fêtes, près de Nantes, Francis organise un stage là-bas. Sur l'intelligence émotionnelle et sa gestion par le jeûne… »

Plus jeune, j'avais essayé de la soustraire à l'influence de son yogi. Je n'avais fait que la précipiter plus sûrement dans ses bras. Elle ne semblait jamais aussi heureuse que lorsqu'elle s'en remettait entièrement à son jugement, qu'il inspirait chacune de ses pensées. Et moi qui avais eu tant de mal à chasser Marc des miennes, voilà que je regrettais qu'il se tienne à distance de l'autre côté de la salle. Quel besoin avions-nous, elle et moi, d'être vampirisées de cette manière ? Sans eux, il nous manquerait toujours quelque chose.

« C'est moi qui t'invite, Élisabeth.

— Emma, s'il te plaît, maman… chuchotai-je, priant pour que personne n'ait entendu.

— Oui, bien sûr, EMMA, excuse-moi ! Oh c'est drôle, dans notre groupe, il y a une Belge qui s'appelle Emma ! » s'extasie-t-elle comme si ce n'était pas sans rapport, comme s'il existait un lien mystérieux entre nous. Qui sait, peut-être que l'année dernière, Emma n'a pas pu résister à l'appel de son gourou, et a préféré suivre un stage-immersion à Épernon plutôt que d'honorer son engagement envers Adèle…

« EMMÈNE-MOI FAIRE LE TOUR DU VILLAGE, EMMA ! crie-t-elle, malicieuse, en se levant. La lumière est incroyable. Profitons-en pour recharger nos accus ! »

Elle enfile un manteau gris trop large dans lequel son corps me paraît plus décharné encore, puis remercie Eugénie avec un enthousiasme qui m'embarrasse, me rappelant l'habitude qu'elle avait de toujours féliciter la maîtresse à la sortie de l'école. Je préférais rentrer seule, sans goûter, mon cartable trop lourd sur le dos. Qu'elle oublie les réunions de parents d'élèves, et les spectacles de fin d'année par la même occasion !

Prenant garde d'éviter le regard de Marc, je salue les habitués et me sauve avec elle dans les rues de Lepokoa. L'heure bleue. Sa silhouette, réduite à un trait, se découpe dans le ciel qui tarde à s'assombrir. Je me précipite et, prise de remords, la serre enfin contre moi.

J'ai à peine le temps de sentir son fragile squelette d'oiseau entre mes mains, qu'elle m'échappe pour s'approcher de la fontaine au milieu de la place : « Elle date de quand ? Elle est vieille, non ?

— Elle n'est plus toute jeune, c'est vrai. Et je suis comme elle. Je t'aime depuis des siècles.

— C'est bien ce que je pensais... » soupire ma mère, les yeux dans le vague, impossible de savoir si elle apprécie ou non que ma tendresse pour elle coule soudain à flots.

Une lumière se met à clignoter très fort au-dessus de nous, puis disparaît sans que nous puissions déterminer s'il s'agit de l'étoile du Berger, d'un avion ou d'une soucoupe volante. Ma mère savoure le calme qui règne à cette heure sur le parvis de l'église déserte, mais regrette tant de la voir fermée que, pour la consoler, je lui décris les murs chaulés, le chemin de croix retracé en tableaux naïfs sous la galerie, la nef dénuée de transept, et la coque de bateau retournée en guise de plafond... Elle m'interrompt pour me montrer un oiseau migrateur qui se tient en haut du clocher – une cigogne noire. Gêné par nos bavardages, l'échassier s'envole. *Quelle sottise d'avoir oublié mon Leica dans la précipitation !* Son ventre blanc glisse dans un ciel de plus en plus sombre, nage dans cette mer grisâtre tel un poisson phosphorescent. Son bec immense perce la fine couche de nuages, tandis que ses pattes rouge orangé semblent laisser derrière elles une coulée de sang.

« C'est merveilleux, cette visite va te porter bonheur, tu verras ! C'est un cadeau qu'Elle t'envoie…

— De qui parles-tu, Maman ? Qui m'envoie un cadeau ?

— Peu importe… La Vie ! Tu verras bien. »

À nos chers disparus

La chambre est simple, pas de décoration ostentatoire, aucune représentation de mauvais goût sur les murs, rien qu'un lit et une chaise, ma mère a toute la place pour étendre son tapis de méditation sur le sol ciré. Visage reposé, elle doit justement sortir d'une séance de relaxation lorsque je passe la prendre le lendemain pour un ultime tour de village, son corps léger plane encore un peu, corps d'enfant luttant contre le vent. L'hegoa souffle fort, j'ai peur qu'il ne l'emporte, mais elle marche le nez en l'air, comme à son habitude, s'émerveillant de la trace laissée par un avion dans le ciel, « regarde, on dirait l'écume d'un bateau à moteur », la forme d'un toit, « je ne savais pas qu'il y avait cette sorte de pignons, ici. On se croirait à Amsterdam ! ». Elle s'arrête pour définir la couleur d'un linge qui flotte au balcon. « Comment on appelle ce bleu-là, déjà ? » Elle insiste pour visiter le cimetière derrière l'église. Aussi indifférente aux rafales qui tordent sa jupe qu'à mes protestations, elle propose que je l'attende à l'entrée : « Ils ont beaucoup de choses à nous dire », se justifie-t-elle sans plus faire attention à moi. Je la suis de loin. Petite fille excitée qui joue à se faire peur, elle cavale entre les tombes. Les stèles de pierre, discoïdales ou tabulaires, côtoient celles en marbre, plus modernes. Seules les sépultures d'enfants, peintes en blanc, reflètent la lumière du ciel. De temps en temps, elle ramasse les perles de couronnes, des fleurs éparpillées, une plaque abîmée, *À notre sœur aimée*... Je m'attends à ce qu'elle remette tout à sa place, mais ma mère enfonce jalousement ces trésors dans ses poches, comme des coquillages après une balade sur la plage. Alors je me penche à mon tour sur les plaques commémoratives qu'en général j'évite de regarder – en retard aux enterrements auxquels je n'ai pu échapper, je me précipite toujours vers la sortie dès la fin de l'homélie. Jamais il ne me serait venu l'idée de « visiter » un cimetière, d'y passer du temps, et voilà que je lis toutes les épitaphes, imaginant que chacune est la mienne : *À la mémoire de nos doux souvenirs, Nous t'aimons, Ses voisins et ses amis, Né sous aucune étoile, Repose en paix*, autant de messages qui me sont adressés... *À notre regrettée Maman* semble avoir été gravé par les enfants que je n'ai pas eus. Dans la troisième allée, une défunte porte le même prénom que moi, et l'année de sa mort est celle de ma naissance, *Élisabeth Garrat 1922-1976*. Je caresse la pierre du bout des doigts, la sensation du granit sous ma peau me fait frissonner, elle est gelée, son contact me rappelle les draps trop rêches de ma grand-mère. Chaque soir, je retardais le moment d'y glisser mes jambes. J'imagine sous le socle la frêle silhouette de mon homonyme – yeux noirs, cheveux bruns, peau bleutée –, j'imagine un corps que rien, ni le temps ni la terre n'a su réduire en poussière. Je rêve de délivrer cette Blanche-Neige endormie, d'ôter le poids du couvercle de ses sombres épaules. Je m'éloigne pour ne pas me mettre à arracher les mauvaises herbes et gratter la dalle avec mes ongles. L'éloge funèbre de son voisin m'apaise : *Dites-leur combien ma vie fut merveilleuse*... C'est pourtant le tombeau le moins fleuri. Préfère-t-on rendre hommage à ceux qui, comme nous, ont eu leur part de malheur ? Un homme sans regret, ça sonne comme une gifle. Je décide, au contraire, de saluer sa bonne fortune et balaie le tas de feuilles moisies tombées sur la roche, j'arrange les arums en céramique dans leur minuscule vase jaune. Ma mère a disparu dans les allées bordées de cyprès et de saules blancs. Hêtres, chênes rouges et châtaigniers lui offrent autant d'abris que de détours. Lassée de piétiner, j'ose m'asseoir sur un sépulcre aux inscriptions en partie effacées. 1912-194... Cette courte existence a-t-elle été différente de celle d'Eugénie, d'Adèle ou encore de notre boulangère férue de poèmes et de photographie ? La femme qui gît là n'a probablement jamais voyagé. Elle connaissait du monde ce que son regard pouvait embrasser, et se contentait de ce que lui en disaient les rares étrangers de passage. Le dimanche parfois, elle se rendait à la ville, avant de remonter dans sa verte vallée. Aucune échappatoire : elle se devait d'aimer les siens jusqu'à sa mort.

Ma mère surgit soudain de derrière un arbre, zigzaguant entre les croix pour me rejoindre. J'apprécie qu'elle reste silencieuse, que la voix de Francis ne s'exprime pas à travers elle, qu'elle ne me prodigue aucun conseil, qu'il n'y ait dans ce lieu sacré aucun signe à décrypter. Malgré le vent déchaîné, les ultimes feuilles d'automne qui tombent sur nous, elle et moi restons longtemps assises, immobiles, plus proches, me semble-t-il, que nous ne l'avons jamais été. Deux lionnes de pierre trônant au milieu du cimetière. *Né sous aucune étoile.* J'adresse une prière à ma pauvre sœur, imaginant que ma mère en fait autant. Et, pour la première fois, l'évoquer ne me met plus en colère.

« Pourquoi m'avoir laissée seule avec eux ? Tu étais l'aînée, tu n'aurais pas dû disparaître, mais rester pour me protéger, m'aider comme tu l'avais toujours fait ! » Les reproches que je lui adressais depuis toujours se sont tus. *Née sous aucune étoile*. Les inscriptions rendent toute récrimination inutile.

Ma mère, apaisée, agrippe mon bras pour s'y appuyer de tout son poids. À la sortie du cimetière, j'ai l'impression d'en savoir davantage sur les habitants du village qu'après ces trois saisons passées auprès eux. Je peux citer les noms de leurs ancêtres, de ceux qu'ils ont pleurés. Je jure de revenir converser avec ces chers disparus, comme on promet de rendre visite à un aïeul tout en sachant qu'on remettra sans doute ça au lendemain, et ainsi de suite. Jusqu'à ne plus y penser.

Les Chemins de la Photographie

« Méfiez-vous, ce concours pourrait changer votre vie ! » prophétise Éric, l'organisateur, un sourire de Joconde aux lèvres. Attentifs à la suite du programme, aucun de mes voisins ne réagit. Tous prennent des notes, tandis que je continue de caresser l'idée. Soudain je me souviens : *J'ai déjà changé de vie !* Malheureusement, je ne suis pas un serpent qui, chaque mois, fait sa mue. Les sauriens ont, paraît-il, la capacité de changer de peau jusqu'à dix fois par an, mais à l'espèce humaine, on offre rarement une troisième chance : même dans les Feel Good Movies, une seconde opportunité suffit.

J'ai passé la semaine à choisir les planches que nous étions censés rendre, mais Éric ne les regardera pas. « Faisons plutôt un cadavre exquis ! propose-t-il tout à trac à l'assemblée. J'ai besoin de vous connaître. Voyons un peu ce que vous avez dans la tête ! » Une feuille arrachée circule autour de la table, et les participants écrivent à tour de rôle les deux lignes requises, deux phrases saturées d'états d'âme. « On jouait à ça aussi quand on était petits ! » tente mon voisin. Plongé dans son portable, Éric ne relève pas. « Il n'a pas entendu », souffle l'autre vexé. Il en profite pour lire par-dessus mon épaule et je réprime un rire gêné. « C'est fini, je récupère la copie », proclame Éric tel un surveillant de permanence. Avec précaution, il déplie la feuille noircie comme s'il faisait un origami à l'envers, cherche un allié, et demande à la plus âgée de lire. Un lien plus ou moins cohérent se tisse entre toutes les phrases, une vague histoire de confiance qui se conclut par cette révélation : *aujourd'hui est le jour de ta naissance*. L'émotion est palpable, faut-il y voir un signe, la confirmation d'un rêve, le même que nous trimbalons tous depuis tant d'années ? Faire une photo, une seule, digne de ce nom, une image qui s'inscrirait dans la mémoire de quelques-uns. Drôle de rêve qui s'est mis à ressembler à une valise désespérément vide, qu'il a fallu continuer de porter au fil du temps, aussi absurde que ça paraisse.

Dire que j'en avais cauchemardé des nuits entières ! Malgré les encouragements d'Adèle, j'avais laissé ma procrastination décider pour moi ; à force d'hésitations, le délai d'inscription était largement dépassé. Un samedi matin pourtant, j'avais fini par rappeler la mairie, et, comme si elle n'avait fait qu'attendre mon appel, une dame avait décroché dès la première sonnerie : « Auster comme Paul ? Ah oui, on vous a déjà vue. Parfait ! Nous venons d'avoir un désistement. Vous serez notre douzième. L'atelier-concours commence la semaine prochaine. La première réunion se déroulera dans nos locaux samedi à 19 heures précises, soyez ponctuelle, ensuite les portes seront fermées ! » Je raccrochai, bouleversée. J'en avais pris pour quatre mois.

Mon book à la main, je me rends donc en ville chaque semaine, m'interrogeant sur ma capacité à suivre le programme – pas tant en termes d'échec ou de réussite personnelle, que face aux débordements émotionnels suscités par la présence d'Éric, son regard affûté de photographe professionnel, sa douceur, ses compliments savamment distillés, son exigence, ses possibles colères... Inutile d'incriminer mes faiblesses, le grand reporter intimide tous ses interlocuteurs, ses douze apôtres en particulier. Il le sait et joue gentiment de son autorité. Nul besoin pour cela de rappeler sa notoriété, ni de mettre en avant l'enthousiasme des galeristes pour son travail. Dans un questionnaire de Proust, à la question, quel est votre démon, il a répondu : l'orgueil. En réalité, je le soupçonne d'être timide, et fondamentalement inadapté. Comme un homme qui passe sa vie retranché derrière son objectif ou enfermé dans une chambre noire. Citant Cartier-Bresson, qu'il assure ne pas moins aimer que Bill Brandt, il s'emballe : « S'il n'y a pas d'émotion, s'il n'y a pas un choc, on ne doit pas prendre de photo. C'est la photo qui nous prend ! » Il balance son fauteuil pour nous convaincre. Blouson de cuir, chaussures pointues, cheveux plaqués en arrière, on dirait qu'il va se mettre à chanter : « Découvrir Steve

McCurry, Helen Levitt ou Diane Arbus à vingt ans, c'est mieux que toutes les substances illicites, plus fort qu'un champignon hallucinogène. Mais rien ne vous empêche de les conjuguer ! » Face à lui, je me sens lisse, sans expérience. Inutile de s'illusionner, avec mes pulls marron et mes cheveux gris, *Technikart* ou *Géo* ne m'enverront nulle part. « Pour la prochaine fois, j'aimerais que vous me montriez l'image d'un homme blessé. Ne me regardez pas comme ça. Sortez, marchez dans la rue, il n'y a que ça autour de nous ! Je veux sentir votre compassion. » Qui a dit : « Photographier, c'est mettre sur la même ligne de mire la tête, l'œil et le cœur » ? Dans son œil à lui brille une tendresse, une bienveillance qui lui échappe, et que son écoute pourtant fragile manifeste. Sans ce sourire dans l'œil, je garderais pour moi ce que m'inspirent ses étranges consignes, mais dès qu'il apparaît, je m'y accroche, espérant qu'il me donnera du talent.

Chaque samedi, nous reprenons les places de la séance précédente. Face à moi, un éternel étudiant se cache derrière son ordinateur. La quarantaine dépassée, cheveux en bataille, sweat à capuche sur le dos, il a l'air de sortir du lycée. Son obsession : capter les gestes du quotidien, dans les bus et les cafés le matin ; les sorties de bureau le soir, les queues dans les grands magasins ; les jeux au parc ou à la plage le dimanche, quand le temps est clément… Un couple de retraités a pris l'habitude de s'installer près d'Éric. Ensemble, ils rêvent de photographier les plus grosses vagues du monde, de saisir dans la réalité les tempêtes d'encre d'Hokusai. Au bout de la table, une brune soignée travaille dans la mode avec succès, mais s'épuise à vouloir changer de catégorie. Elle a beau faire, ses modèles sentent la pause et le papier glacé. Invité de passage, le propriétaire d'un comptoir Kodak reste en faction près de l'entrée. Ses paysages m'évoquent ceux d'un dépliant touristique. Seule Marthe, chômeuse longue durée, joue aux chaises musicales. Considère-t-elle cet atelier-concours comme une ultime tentative de réinsertion ? Le plus jeune s'accommode toujours de la place restée libre. Il ne parle pas, ne pose pas de question, mais réussit brillamment ses exercices. Un jour pourtant, alors que nous sortons pour rejoindre nos familles ou nos appartements solitaires, il me confie son désarroi : « J'appuie trop tard ! La scène est passée, le modèle s'est figé, j'ai raté "l'instant décisif". Je ne sais pas pourquoi… au dernier moment j'hésite. Jamais je ne parviendrai à anticiper mon tir photographique. » Durant des semaines, nous partageons nos peurs, en attendant les commentaires du samedi avec la même impatience fébrile.

« Avant de réaliser votre autoportrait, je vais vous demander de vous décrire en quelques lignes. Bon, je vous aide un peu : si vous étiez un paysage… Je vous laisse un quart d'heure. »

J'aurais voulu vous parler de notre belle vallée au printemps quand elle change de couleur, mais je suis une forêt tombant à pic. Une forêt où les arbres se serrent. Leurs troncs immenses et nus ne trouvent d'équilibre qu'en s'appuyant les uns aux autres. Ils s'emmêlent dans les hauteurs, là où jaillissent en bouquet des feuilles vert pomme, peintes par un enfant. Tout penche. De chaque côté de la route étroite s'élancent ces arbres qu'on dirait sans racines. J'avance au milieu de ces colonnes fragiles, je les entends trembler dans leur fuite lente et chaotique. Le vent caresse mes mains et mon visage. Cachée sous les pierres envahies par la mousse, ma forêt garde pour elle son humidité qui, le soir venu, remonte, pénètre et finit par glacer le promeneur solitaire. Regrettant de s'être attardé, le dos courbé, je le vois chercher la sortie. Les nuages le suivent dans sa course. Les derniers rayons de lumière traversent les feuilles devenues transparentes, et parviennent, par instants, à réchauffer la montagne tout entière. Mais quand l'ombre s'étend sur moi, tout est si noir et si tragique qu'on ne peut imaginer lieu plus hostile. Les clairières trop rares sont bien cachées. Leurs habitants invisibles menacent, à moins qu'ils ne protègent… Comme sous une sphère, je suis loin des bruits du monde, en réalité des vrais dangers, car plus on s'enfonce, plus on se perd, mieux se devine, tapie mais bienveillante, la chaleur douce, maternelle d'une source ou d'un trésor qui attend, et se mérite.

« Qui veut lire ? Emma ?

— J'écoute. Je préfère écouter.

— *Alors qu'ils ne sont encore que des disciples, voilà qu'ils veulent devenir des maîtres et des professeurs, avant même de savoir écouter correctement.* C'est bien d'écouter, mais trêve de bavardages, je veux voir vos visages. Vous allez devoir vous surpasser. À samedi, et n'oubliez pas d'apporter vos tirages ! »

Les univers multiples

« Le monde est tout ce qui a lieu. »

WITTGENSTEIN

Depuis mon arrivée ici en mars dernier, il y a bientôt un an, je n'avais jamais raté un réveil. Et ce matin, dérapage contrôlé devant le portail, sous le regard réprobateur du directeur. Fixant le tableau d'un air las, les élèves semblent assis à leurs places depuis des lustres. Son chiffon à la main, la maîtresse me jette un coup d'œil inquiet derrière la vitre ; habituellement, nous arrivons avant tout le monde. Un ultime signe à Suzanne, puis je conduis Jean au collège. J'ai l'impression d'être un train lancé à grande vitesse. Imitant ces vidéos de coucher de soleil en accéléré, les événements de ces derniers mois défilent dans ma tête, les corps et les visages s'agitent sous mes yeux. Ils veulent vivre, qu'on les reproduise, qu'on les fixe sur argentique !

Une fois installée à la table de la cuisine, j'ignore la radio, le téléphone, je n'entends plus les oiseaux chanter, Adèle se préparer, je n'entends plus rien. Je trie mes planches, sélectionne quelques images, en raye d'autres, corrige, recadre le visage de Marc dans la vitrine, le bras de Jean qui effleure un arbre, le reflet de Suzanne dans l'eau d'un ruisseau, mon ombre dans cette clairière… Un filtre protecteur m'enveloppe. Je flotte dans cette bulle, et six heures passent au rythme d'une respiration. Je suis encore en retard ! *Gourde, compote, gâteaux au chocolat…* « Méfiez-vous, cet atelier pourrait changer votre vie ! » ironise de nouveau Éric derrière moi. Sa silhouette de vieux rockeur paraît indécente dans notre cuisine. Ce n'était que l'ombre du porte-manteau. *Je deviens complètement parano !* J'accélère, et me souviens trop tard que j'ai laissé seau et balais dans l'entrée. Me voilà étalée sur le sol glacé. Je n'ai pas mal, juste besoin de me reposer un peu… Le sang se mêle à l'eau savonneuse, la mousse rouge se répand sur les tomettes. Mon pantalon est trempé, je sais que je dois me dépêcher, mais je reste étendue par terre, à deviser malgré moi : *Adèle est partie depuis longtemps. Dommage, j'aurais pu en profiter pour me rendre avec elle aux urgences. Nous aurions couru ensemble dans le dédale de l'hôpital.* L'idée d'Adèle dans son uniforme d'infirmière, faisant le guide dans les couloirs, me divertit un instant. J'ai la tête qui tourne, l'impression qu'un infirmier est effectivement là, à me pousser comme un caddie de supermarché. M'entendre rire si mal à propos m'aide à sortir de ma torpeur, mais me lever s'avère difficile, je prends appui sur la console. Dans le miroir de la salle de bains, mon nez a doublé de volume, l'arête épatée comme celle d'un vieux boxeur. Probablement cassé. Je n'ose pas y toucher, j'enfile mon manteau, claque la porte, la rouvre pour chercher le goûter oublié. L'emballage est trempé, je l'essuie sur mon pantalon. Trop tard pour me changer, je me précipite dehors… Un homme marche vers moi de l'autre côté de la route. C'est lui ! Je le croise si rarement, et jamais à cette heure. Pourquoi maintenant ? Faut-il vraiment que Marc me voie dans cet état ? Je hurle : « Ce n'est rien, un accident domestique ! » Je continue de courir vers l'école. Quelle idiote ! J'aurais dû me jeter dans ses bras et lui avouer mon amour qui se voit comme le nez cassé au milieu de ma figure, pourquoi continue-t-il de l'ignorer ? À sa place, j'aurais entraîné la blessée vers le banc le plus proche, je l'aurais prise sur mes genoux. « Qu'est-ce qui s'est passé ? Je ne supporte pas de vous voir souffrir… » lui aurais-je chuchoté à l'oreille tout en examinant la plaie. « Je vais arranger ça », aurais-je promis en la portant comme une mariée jusqu'à chez moi. Au lieu de franchir le seuil de sa chambre, je m'agenouille dans la cour de l'école et tends à Suzanne le précieux goûter. Je dois faire la grimace, la douleur se propage à présent sur mon visage tout entier. Elle m'observe, terrorisée, mon nez tuméfié lui a coupé l'appétit. Je lui raconte mes acrobaties dignes des Pieds Nickelés. Le « coup du balai » aussi pathétique que de se prendre un râteau de jardinier dans la figure.

Sur le chemin du retour, nous essayons d'en rire, puis j'improvise pour elle une chasse au trésor dans le jardin, le temps de nettoyer l'entrée. Je guette en tremblant ses cris au-dehors, et me dépêche comme si j'effaçais les indices d'une scène de crime.

Les jours suivants, la petite bosse sur l'arête du nez n'a pas diminué. On dirait que cet accident achève de parachever ma transformation. Sans le vouloir, je me rapproche peut-être physiquement de cette Emma que je ne connais pas, et qui a su révéler un autre moi-même. Avec mes photos, j'essaye de lui rendre hommage. Et je lis des romans dans lesquels le personnage porte son nom, ainsi que des livres scientifiques sur les univers multiples – tombée par hasard sur un article à ce sujet, je n'ai pu m'empêcher d'y déceler une correspondance : pour certains physiciens, « *notre existence actuelle n'est qu'une possibilité parmi une infinité d'autres, de même que les photons ont une infinité d'états d'âme. Une infinité d'états dans des univers multiples.*

Lors du Big Bang, le cosmos a subi une expansion fulgurante, et durant cette période, toutes les régions de l'espace n'ont pas évolué à la même vitesse, créant différents univers-bulles. Notre univers n'est qu'une de ces bulles. »

L'astrophysicien britannique Stephen Hawking décrit l'univers multiple comme « "*une mosaïque de petits univers de poche où chaque poche est différente des autres*". *On peut aussi évoquer l'image de bulles dans l'eau bouillante. Il a été soutenu par d'éminents théoriciens que "les différents univers pourraient ne pas être complètement déconnectés et pourraient même entrer en collision*", comme le rappelle une scientifique allemande du Frankfurt Institute for Advanced Studies ».

Ce jour de printemps à l'aéroport, n'est-il que le fruit d'une de ces collisions ?

« *Idée vertigineuse de réinterpréter notre univers tout entier comme un îlot dérisoire dans un immense méta-monde indéfiniment vaste et diversifié. S'il existe de multiples planètes, de multiples étoiles, de multiples galaxies, de multiples amas de galaxies, pourquoi n'y aurait-il qu'un univers ?*
Après avoir été centrée sur une région, la Terre, sur le Soleil, sur la galaxie, puis sur notre univers, voilà que notre représentation du monde n'a plus de centre. Une déconvenue pour l'homme que ce multivers. »

Une déconvenue ?

Au contraire, cette étonnante cosmogonie m'enthousiasmait : s'il n'y avait aucun modèle, mais que « *TOUS les phénomènes possibles se produisaient quelque part* », ce qui m'était arrivé ne paraissait plus si étrange.

Dans ce monde, Emma et moi nous étions rejointes, dans un autre je continuais ma vie précédente, et elle la sienne.

« *L'acte de décision consciente, en tant que résultant d'un processus quantique, crée un univers.* »

L'idée achevait de me réconforter : dans un autre « univers-bulle », il était donc possible que je n'aie pas abandonné Martin. De la même manière, j'acceptais mieux qu'il m'ait remplacée par la Fille-du-salon-de-thé si, dans un univers parallèle, il m'était resté fidèle. Peut-être n'avait-il d'ailleurs jamais quitté notre appartement, peut-être dormait-il toujours dans notre lit face à la fenêtre ? L'imaginer là-bas me rappelait combien j'avais été heureuse, au début, dans ses bras. Après l'amour, j'aimais observer avec lui l'unique arbre de la cour. Voir ses feuilles jaunir et se serrer l'un contre l'autre suffisait à notre bonheur. Ses branches nues qui s'agitaient au vent d'hiver et griffaient nos volets nous rendaient joyeusement mélancoliques. Quelle trouvaille fantastique que ces univers multiples ! Penser que je pouvais compulser des livres sur la relativité dans la cuisine d'Adèle, alors que mon ancien moi continuait d'admirer ce vieux platane au fil des saisons, c'était une telle consolation !

Si je pouvais être ici et ailleurs à la fois, pourquoi ne pas en profiter pour aborder Marc ? Je demeurerais dans ma chambre bien à l'abri, et le retrouverais simultanément à la Providence pour lui déclarer mon amour.

J'étais en train de devenir aussi dingue que ma mère ! Elle qui s'échinait à vivre en harmonie avec l'univers, adhérerait-elle à ces « many-worlds » ? En tout cas, cette théorie (d'Everett) s'avérait bien utile, elle me donnait enfin l'audace nécessaire. Je courais presque sur le chemin, et arrivai, tremblante, devant la Providence. À son poste près du bar, Marc se tenait tourné vers moi. Lui ne semblait posséder qu'une seule vie, toujours la même, et j'allais lui en offrir une autre ! Saisissant sa main, je l'entraînai sans un mot à ma table restée étrangement vide à cette heure d'affluence. Il me scrutait en silence. « Nous avons perdu beaucoup de temps, continuai-je avec brutalité. Je te propose de boire un dernier verre et de m'emmener chez toi, qu'en penses-tu ? » Ravalant un sursaut d'orgueil, j'ajoutai crânement : « C'est à prendre ou à laisser !

— Je prends ! » m'assura-t-il en souriant, les yeux pétillant d'une joie enfantine que je ne lui avais jamais vue. Un défi à relever ! *Les garçons adorent ça, même en grandissant, Cap ou pas cap, ils sont fous de ces jeux-là*, pensai-je, ironique. Dans un élan maladroit, il m'embrassa l'intérieur de la main comme pour m'assurer qu'il s'agissait d'autre chose. Il commanda un verre de vin pour moi, une énième bière pour lui, sous les regards réjouis des habitués. Je brûlais d'envie de l'entraîner dehors, de laisser tomber les politesses, je me serais exécutée sur-le-champ si ce tête-à-tête ne m'inquiétait pas tant. Il ne devait pas être plus rassuré, car il buvait lentement, à petites gorgées, sans me quitter des yeux.

Sur le seuil, nous hésitâmes. Après des mois de sécheresse, la pluie s'apprêtait à crever les nuages. Un soulagement accueillit notre départ. Dans notre dos, les conversations reprirent avec un entrain renouvelé. Seule Eugénie, figée sur le trottoir, continuait de nous regarder. Puis, tels des mariés de Chagall s'envolant pour leur nuit de noce, nous disparûmes bientôt sous l'orage.

Ondes dans l'eau froide

Éric est sceptique, « ton reflet dans le chrome du bar, c'est trop cérébral. Fais-moi vivre tout ça ! ».

Mais c'est précisément ce que j'ai fait ! Passant sous silence mes folles nuits d'expérience pratique avec Marc, je me retiens de lui dire que j'ai enfin vécu. Pour illustrer ma photo, à la place de citations scientifiques controversées et de leurs cosmologies fumeuses, il aurait sans doute préféré que je lui raconte nos ébats.

Odeur de terre, de fleurs coupées oubliées dans une chambre. Nos manteaux sur la tête, nous courions sous la pluie, en nous bousculant ; la Lune dans son dernier quartier n'éclairait rien. Marc vivait seul à l'écart du village, dans une maison de famille, héritée de sa mère. Le parquet craquait sous mes pieds, accusateur. J'avais l'impression d'être montée à bord d'un bateau clandestin, pour quelle destination venions-nous d'embarquer ? Le bahut dans la cuisine, la grande table, les chaises aux montants sculptés, la crédence dans la salle à manger, la lourde armoire au fond du salon, chaque meuble, en bois de chêne ou d'acajou, m'évoquait l'habitacle d'un vieux navire. Le désordre et la poussière régnaient partout, il s'en excusa. Dans sa chambre, à l'étage, le tumulte était à son apogée, piles de revues, de livres, d'habits amassés sur le sol, boîtes écrasées de pizza à emporter, jeu d'échecs renversé, tours et dames éparpillées sur les draps défaits… Je me trouvais dans l'antre d'un vieil étudiant. Plusieurs chats nous avaient suivis, c'est à eux que les fenêtres devaient ces rideaux déchirés. Un balcon minuscule offrait une vue spectaculaire sur les montagnes, on se serait cru dans une nacelle. Un observatoire suspendu dans le vide où milans noirs, busards et éperviers se succédaient. Assis au bord du lit, Marc me regardait avec confiance prendre possession des lieux, comme s'il savait déjà que j'y reviendrais toujours. Je rêvais de me coucher contre lui, mais restais timidement perchée sur mon balcon, craignant qu'il ne se précipite, n'arrache mon pull, mon pantalon, tandis que je me contenterais de suivre le mouvement. Je l'imaginais se débattant avec son jean, comiquement tire-bouchonné à ses pieds. Quand j'approchai enfin, à mon grand soulagement, il se contenta de me serrer contre lui. Avait-il compris que mon plaisir pouvait attendre, contrairement à ma soif inextinguible de tendresse ? Depuis combien de temps un homme ne m'avait-il pas prise dans ses bras avec cette douceur ? Comment savait-il ? Possédait-il le même cœur que moi, tendre et facile à froisser ? Il baisa mon front brûlant, une fois, dix fois, vingt fois… comme le ferait une mère anxieuse consolant son enfant d'une émotion trop forte. *Nous avons des mois pour nous découvrir, des mois pour nous mettre à nu*, promettaient ses caresses. J'attrapai la main qui s'attardait sur ma nuque, elle était large, immense, je la plaquai contre mon ventre, elle recouvrait tout l'espace entre mes hanches, « ta peau est si douce, c'est intimidant… », chuchota-t-il d'une voix rauque, soudain haletante. Je guidai sa paume moite, et posai la mienne sur son sexe qui formait une petite barre sous le tissu épais de son pantalon. Toutes mes craintes s'étaient envolées avec ses baisers. Je laissai ses doigts peigner le fin duvet de mon pubis, sous sa main humide les poils paraissaient aussi lisses et aplatis que les cheveux soyeux d'un nouveau-né. Ses gestes d'expert étaient lents, fluides, les miens heurtés, gauches : est-ce que j'avais tout oublié ? Sensation d'avoir remonté le temps. J'étais vierge à nouveau. Je n'avais pas fait l'amour depuis près d'un an, et n'avais jamais trompé Martin, pas le moindre flirt ! Voilà pourquoi ce corps inconnu me terrorisait tant. *Arrête de penser, touche-le plutôt, respire-le*, suggérai-je à la jeune fille effarouchée… J'embrassai son cou, léchai son épaule, trois fois plus large que la mienne. J'ôtai sa ceinture, il frissonna. Au contact de ma main, ses testicules se rétractèrent. Emprisonnées dans mes poings, elles semblaient si fragiles. Au bout de son pénis veiné coulait déjà, comme d'un sein gorgé de lait, une goutte épaisse qui s'étalait sur mes doigts. Les siens hésitaient à s'enfoncer dans ma chair, tournaient autour, de plus en plus près, je me cambrai pour le guider. Il interrompit ses caresses pour ôter mes habits lentement, et le sang dans mon sexe se mit à battre comme un tambour. Je m'entendais murmurer des mots d'amour. Baiser mouillé, étroit et savoureux. Parfum de marée sur ses lèvres quand il colla son visage contre le mien. Ses doigts exploraient chaque parcelle de mon corps, tandis que le désir continuait d'enfler par vagues. Si je criais ce n'était que pour réclamer à sa main d'aller plus loin, à la source, que tous les gouffres, sexe, cul, bouche, soient enfin comblés. Il attrapa une cheville, une jambe, qu'il posa de chaque côté de son cou, avant de s'insinuer en moi, son sexe était large, mais je jouais encore à le serrer, par à-coups, avec le mien, tel un anneau de marié trop ajusté, pour le retenir, le garder. Son torse se frottait contre ma poitrine, mes tétons roulaient sous sa peau, tandis que je fixais son visage rayonnant d'excitation. La profusion de joie était insupportable, la vie entière je m'étais préparée à cette nuit, je ne voulais pas qu'elle s'arrête, il avait rejoint le point le plus secret, une zone obscure, presque intouchable, pour la première fois je n'étais plus seule, les ondes de chaleur ne cessaient de s'élargir, m'entraînant dans leur sillage, un pic d'une intensité presque douloureuse surgit au milieu du courant, *ne bouge plus, plus du tout s'il te plaît*... Je ne sais combien de temps nous restâmes ainsi, parfaitement immobiles. Puis il se détourna, avant de se recroqueviller contre moi. Mon épaule, trop frêle, ne pouvait supporter le poids de son crâne, alors il déposa ses cheveux mouillés sur mon ventre, et le plaisir continua d'osciller dans mon sexe, *ouvert, fermé, ouvert, fermé*, tel un cœur égaré, agité de déclics incontrôlables, mon vagin continuait de faire l'amour sans lui, en cachette, jusqu'à jouir doucement, encore une fois.

Je fixais l'armoire en bois, elle paraissait suivre le flux et reflux de nos ébats qui se prolongeaient en moi. Ça tanguait toujours quand je me levai pour aller dans la salle de bains au bout du couloir. À grosses gorgées je bus au robinet, et souris à la fille rouge et décoiffée dans la glace. Pelotonné comme un enfant, Marc dormait. Plus éveillée que jamais, je le regardai respirer la bouche ouverte, un mince filet de bave coulant sur son menton. Tous capteurs dressés, je me penchai pour respirer son odeur confondue à la mienne, détaillai ses muscles bien dessinés, son ventre un peu flasque mais douillet quand j'y posai ma joue, sa peau mate, ses cils fournis, et cette fourrure dans son dos qui lui donnait l'aspect d'un animal… Son corps paraissait si solide et fragile à la fois, je m'amusai à ranger chaque partie dans la colonne adéquate.

Mains, bras, épaules, fesses, jambes, sexe, mollets : Solide.

Cou, front, tempes, oreilles, paupières, clavicules, poignets, chevilles, testicules, hanches, nuque, vertèbres cervicales, pommettes : Fragile.

J'imaginais la force qu'il avait fallu pour devenir l'homme paisible qui rêvait aujourd'hui dans cette chambre. Comment résister aux épreuves ? À tous les pièges ? Ceux qui l'avaient fait trébucher, ceux qui ne manqueraient pas de survenir, les prochains coups qui réclameraient toujours plus de lui, le condamnant à se jeter à l'eau, encore et encore, une eau trop froide, le supplice ne s'arrêterait jamais…

Je lisais le courage nécessaire dans ses yeux fatigués, je le voyais peser sur ses épaules rentrées qui s'enroulaient comme des manches de violon. Où était donc passé le jeune homme brillant et plein d'avenir qu'Adèle m'avait décrit ? Même auprès de ses amis, on devinait sa lassitude, et l'impossibilité de s'aimer qui était la sienne.

Brise-larmes

J'ai beau fixer les montagnes et leurs couleurs d'océan, passer mon temps à guetter les changements de lumière sur les crêtes étroites et allongées, à l'affût d'un oiseau rare, ou chercher dans les rues du village un sourire à photographier, aucune présence remarquable ne s'offre à ma vue.

Chaque matin, après avoir déposé les enfants, j'arpente les sentiers au-dessus de la maison, attendant qu'un miracle se produise. Je m'efforce de suivre les conseils d'Éric : « Ne laissez pas passer un jour sans essayer. Si vous n'êtes pas inspiré, si vous ne savez pas quoi prendre, ni où regarder, soyez patient. La photo existe déjà, il faut la retrouver, c'est comme une ficelle qu'un type voit sortir du sable, s'il tire trop fort, elle risque de se casser alors que s'il l'attrape doucement, il a des chances de découvrir une longue corde. Cette corde, c'est la photo. Et souvenez-vous, vous pouvez montrer, mais aussi cacher, mentir ! Les spectateurs vont vous en vouloir. Tant mieux, vous n'êtes pas obligés de leur mâcher le travail. Dans les films j'aime les ellipses, les vraies ! »

Je l'envie. Aucun raccourci ne m'est accordé, je suis un brise-glace coincé sur une plaque de banquise. J'avais pourtant démarré d'un bon rythme. Ces dernières semaines, mon étrave avait tracé sa route sur le désert gris de mon écran d'ordinateur. J'avais déjà enregistré des dizaines d'aigles royaux, des fauvettes grisettes ou à tête noire, ainsi qu'une centaine de portraits d'Adèle, de Jean et de Suzanne (souvent tristes au début, les derniers les montraient enfin rayonnants). « *C'est le vent du nord qui me fera capitaine d'un brise-larmes pour ceux que j'aime.* » Électrisée par ma mission, j'avais franchi sans encombre les premières étapes, mais depuis cette fantastique nuit d'amour, j'ai beau lancer les turbines pour éventrer ce foutu glacier et ses icebergs tabulaires, chercher un fil conducteur comme l'ordonne Éric, je reste enclavée, prisonnière de ma station polaire. Je dérive mollement jusqu'à quinze heures environ, puis range mon appareil et mes cahiers pour aller chercher les enfants.

Lorsqu'Adèle rentre plus tôt, je me précipite à la Providence. Marc et moi sommes plus discrets lors de ces retrouvailles que si nous protégions des amours adultères. Je m'assieds à ma table, c'est à peine s'il me fait signe. Il termine sa bière tranquillement, puis sort en souriant. Et je le rejoins sur le bord de la route, après avoir conversé avec Eugénie, ne songeant pourtant qu'à me blottir dans ses bras. Absurdes précautions, le village entier est au courant, nos mines réjouies nous trahissent, nos corps épanouis ne laissent aucun doute. L'air rêveur qui s'attarde sur son visage doit être aussi le mien ; et mes yeux fiévreux parlent pour moi. De toute façon, je n'ai rien à dire. Rien à raconter ni à photographier : pour une fois, j'ai choisi la vie.

Un après-midi, alors que je l'attends sur un banc, près de la petite fontaine, c'est un autre homme qui prend sa place. J'écoute les vieux s'engueuler plus loin, j'admire les mères pressées, les bras chargés de courses, le chant de la boulangère, son stimulant « Avec ceci ? » qui arrive jusqu'à moi, quand soudain Martin apparaît. Mon ex-futur mari s'assied à mes côtés, comme si nous nous étions donné rendez-vous la veille. À ses mains qu'il tord, son pied qui bat nerveusement la mesure, je devine sa colère – est-ce possible qu'elle ne l'ait pas quitté depuis ma disparition ? « J'ai fait quelque chose… dit quelque chose qui t'a blessée ? » Malgré la Fille-du-salon-de-thé, Martin semble ne pas avoir renoncé à moi. Il ne cesse de me questionner, mais je reste muette, si on nous entend c'en sera fini de l'existence d'Emma. *Jamais je n'aurais dû les tromper de cette manière, jouer ainsi de leur crédulité.* La joie secrète d'avoir si bien dupé mon monde me fait honte à présent. *La meilleure façon de disparaître*, ai-je lu quelque part, *n'est pas d'effacer ses traces mais de les multiplier – dans des sens divers et contradictoires.* J'habite une autre région, porte un nouveau nom, j'ai changé jusqu'à ma façon de m'habiller, de me coiffer. À part mon Leica d'occasion, je ne possède plus rien, pas même un compte de banque. J'ai réussi à me fondre dans le paysage, au-delà de toutes mes espérances. Mais voilà que la vérité menace d'éclater, les joues de Martin sont de plus en plus rouges, veut-il profiter des spectateurs pour me faire la morale, tenter de me ramener à la maison ? Je m'étonne qu'il y ait tant de monde à cette heure. Qu'attendent-ils pour rentrer chez eux ! D'ordinaire, dès que midi sonne, la place se vide, et je reste seule à attendre Marc sous le soleil zénithal. Je l'aperçois justement qui approche. Surpris dans son élan, ses yeux fixent l'étranger qui me tient par l'épaule, avec une telle inquiétude que je dois me retenir de courir vers lui, mordre mes joues pour ne pas hurler des explications. « Ne te tourmente pas, tu n'y es pour rien… » Réflexe pavlovien, c'est à Martin que j'adresse ces mots rassurants. Aussitôt, son visage se détend. C'était donc cela qu'il était venu chercher. Une phrase, un geste, une pensée qui le dédouanerait. Après quelques secondes d'hésitation, mon amant nous tourne le dos, et s'éloigne à grands pas. Au lieu de le rattraper, je continue, un brin amère : « Je n'étais plus heureuse, tout simplement, cela ne t'avait sûrement pas échappé… » La déception fige le visage de Martin, comme elle précipite Marc dans sa fuite. *Mais à quoi vous attendiez-vous ?* voudrais-je leur crier à tous les deux. *Ne voyez-vous pas qu'il est trop tard ? Comment avez-vous pu y croire encore ?*

Marc a disparu. À l'allure où il va, il distingue probablement déjà les dernières maisons du village, et bientôt il sera chez lui. Il montera se réfugier dans cette chambre paradisiaque, au balcon suspendu… Oh j'aimerais tant, à cet instant, imiter les oiseaux ! Prendre à mon tour appui sur la rambarde et me jeter par-dessus bord ! Oui, comment ai-je pu être assez stupide pour y croire encore ?

L'heure du parloir

Après le départ de son rival, Martin devient plus menaçant, m'accuse, cherche à me faire avouer – quoi ? Ma défection ? Comment pourrais-je justifier cette désertion, alors que je ne la comprends toujours pas moi-même ? Nous nous observons longuement, essayant de retrouver dans nos visages transfigurés ceux du passé. La métamorphose est sans doute plus saisissante de mon côté. Difficile de lui faire croire en effet que je suis restée la même, fidèle réplique de celle qu'il a aimée autrefois. Pour adoucir sa peine, attend-il que je joue ce rôle une dernière fois ? Je tente un sourire, mais ma bouche se tord dans une grimace. Mes efforts sont inutiles, quel lien subsiste entre nous ? À bout d'arguments, Martin finit par se lever, et je le regarde se diriger vers sa voiture, imaginant que mes pensées sauront lui transmettre un ultime message, les excuses et les regrets que j'ai préféré taire. Je fixe son dos voûté de toutes mes forces, mais il démarre sans se retourner. Peut-être n'est-il pas si triste et mécontent qu'il l'a laissé paraître ? Peut-être même repart-il soulagé, *j'ai essayé*, se console-t-il sur le chemin du retour. *Nous avons enfin pu nous dire au revoir. Échanger au moins un sourire*, se félicite-t-il après quelques kilomètres – en réalité, il aura certainement plusieurs coups de fil à passer. En arrivant, un dîner l'attendra, un véritable festin mijoté par la Fille-du-salon-de-thé. Elle, ou une autre. Les jours suivants, il devra se lever tôt, enchaîner les rendez-vous, je sais son agenda chargé. Il oubliera, et c'est ce qui arrivera de mieux. Pris dans l'action, le plaisir d'un bon lecteur n'est-il pas de tourner la page ? *Je ne peux pas continuer*, se dira-t-il dans ses rares instants de solitude. Et il continuera. Il continuera, puisqu'il faut continuer.

Après sa visite, j'avais l'impression de vivre l'épilogue d'un film, quand tout s'accélère et que les protagonistes se retrouvent pour le bouquet final. Car il y eut d'autres retrouvailles…

Un matin, j'avais accompagné Jean à l'aéroport. À l'heure dite, nous avions rejoint les professeurs au point de rencontre, entre le distributeur de billets et la boutique de cadeaux. Imitant les parents d'élèves, je me tenais à bonne distance des adolescents, sans cesser pour autant de les couver du regard. J'avais de l'entraînement, depuis son entrée en sixième, je ne m'accordais aucune effusion, sachant combien il est important, à cet âge, de se détacher. Tout allait trop vite. Je me souvenais avec nostalgie de l'année précédente et des embrassades au moment du coucher. *Bientôt les enfants n'auront plus besoin de moi.* Je ne pouvais m'empêcher d'y penser avec terreur. Fixant le tableau d'affichage sur lequel ne cessaient de défiler d'improbables destinations, je m'interrogeais sur la suite du programme. Lorsqu'ils auraient grandi, où irais-je me réfugier ? Attendrais-je que le vent tourne, comme Mary Poppins, pour m'envoler vers ma nouvelle destinée ? Quelle pancarte, quel taxi déciderais-je de suivre alors ?

Si seulement c'était aussi simple que cela, songeais-je en admirant le ballet compliqué des voyageurs, *(mais comment font-ils pour ne pas se cogner ?)* Les parents, oubliant toute retenue, lançaient leurs ultimes recommandations : « Couvre-toi, mange bien surtout, n'oublie pas de me donner des nouvelles… » Et si je recommençais ? Si je me postais à la sortie de l'aéroport pour tromper la vigilance d'un chauffeur en prétendant être une autre ? Oui, pourquoi ne pas relancer les dés… Pestant contre les retardataires, le professeur n'en finissait plus de compter ses élèves. Au moment où je m'apprêtais à fuir de nouveau, comme si Jean venait de fêter ses dix-huit ans et qu'il me fallait trouver sans délai une autre famille, un homme me bouscula : « Poussez-vous ! Ne restez pas là, en plein milieu ! » beugla-t-il, me roulant sur le pied avec sa valise. Un père s'empressa de prendre ma défense, et une courte dispute s'ensuivit. « Mais bon sang, rangez-vous sur le côté, vous ne voyez pas que vous empêchez tout le monde de passer ! » continuait l'énervé, tournant le dos à mon défenseur.

Sa voix sèche, son crâne dégarni, ses lunettes épaisses, derrière lesquelles se cachaient des yeux tristes et sévères, son ventre comprimé dans un costume gris foncé, le même qu'il arborait été comme hiver, jusqu'à son parfum trop musqué : je reconnus mon ancien patron, celui qui distribuait les bons et les mauvais points à chaque réunion, ce supérieur à qui j'avais tant voulu plaire, mais qui ne m'adressait que des reproches. Renouant avec ma vieille obsession, je rêvais qu'il me fasse un compliment, qu'il ne me quitte pas sans une courte bénédiction. Comme autrefois, je me trouvais face à un mur, je résistais à l'envie de me pendre à son bras. *Vous devez vous souvenir de moi ! J'ai passé des centaines de nuits blanches à essayer de vous contenter…* mais il s'éloignait déjà. Il s'apprêtait à franchir la zone d'embarquement, quand, n'y tenant plus, je me mis à courir comme un enfant qui refuse de voir partir son père, *ne t'en va pas, ne me laisse pas toute seule ! Emmène-moi avec toi !* Je fonçai sur lui, écartant les gêneurs. Une femme chic et botoxée essaya de me retenir : « Faites donc la queue comme tout le monde !

— J'ai juste besoin de parler à quelqu'un. Laissez-moi passer, S'IL VOUS PLAÎT… ! » Surpris par mes cris, mon chef se retourna. Lorsque j'arrivai enfin à sa hauteur, il ne put retenir un mouvement de recul. Je tentai de le rassurer avec mon plus beau sourire : « J'étais dans votre service il y a un an. Je travaillais dans votre département. » Alors seulement, il prit le temps de me regarder vraiment, me détaillant des pieds à la tête, ma vieille veste, mon pantalon marron, mes chaussures crottées, mes cheveux emmêlés, mon visage sans maquillage…

« Mon Dieu, que vous est-il arrivé ? finit-il par articuler.

— Je suis désolée, bredouillai-je, déstabilisée par l'examen. J'aurais dû vous prévenir, mais ça s'est fait sur un coup de tête. J'ai voulu changer de vie, comme on dit…

— Ah bon ? Mais pourquoi ?! » L'hôtesse lui désigna avec impatience la bonne rangée pour passer le contrôle de sécurité. Il s'y rendit, en garçon obéissant, vida ses poches, enleva sa ceinture et ses chaussures pour déposer le tout sur le tapis. Au moment de franchir le portique en chaussettes, il m'adressa un dernier coup d'œil dans lequel se mêlaient mépris et incompréhension, puis il secoua la tête en signe de réprobation, avant de disparaître de l'autre côté.

En me penchant un peu, je pouvais l'apercevoir, petite forme grise, anonyme, assise sur un banc métallique. Au milieu des voyageurs, il n'était plus si effrayant. Derrière la vitre, il ne bougeait plus du tout. Yeux fermés et mains jointes, comme un détenu, il avait l'air d'attendre l'heure du parloir.

Coming out

> « Qui y a-t-il dans un nom ? Ce que nous appelons rose, par n'importe quel nom sentirait aussi bon. »
>
> *Roméo et Juliette*, William SHAKESPEARE

Les mains moites, j'arpente les couloirs, déambule des loges au plateau, puis traîne mon angoisse jusqu'au foyer réservé aux techniciens, et ainsi de suite, en sens inverse… Une pointe dans le cœur m'empêche de respirer. Éric me propose de sortir prendre l'air et d'aller fumer une cigarette avant le début de l'exposition. « Je ne fume plus, mais je veux bien un verre d'eau, dis-je d'une voix blanche.

— Eh bien tu devrais t'y remettre, insiste le photographe, ça te détendrait ! »

La mairie a prêté la salle des fêtes pour l'occasion. Derrière un rideau défraîchi, on entend les spectateurs s'installer, nombreux et excités. Les chuchotements d'abord, les voix grouillantes des conversations enfin, on jurerait le bruit de la mer. Pas celui d'un coquillage collé à mon oreille, d'une grande marée plutôt. Marée montante. « Elle ne va pas faire un malaise ? Quelqu'un peut lui trouver une chaise ? Il est temps que je monte sur scène vous présenter. Il y a beaucoup de monde. Profitez-en, ce n'est pas toujours le cas ! »

Depuis la coulisse, je vois Éric s'immobiliser sous les projecteurs et les applaudissements nourris du public – les familles, les amis des participants, des gens de la vallée venus pour moi, et quelques citadins égarés. J'ai eu le temps de détailler la salle par le rideau troué, supposant mon trac à son paroxysme, mais, après avoir découvert Adèle et les enfants au premier rang, ma fébrilité monte encore d'un cran. Je vide mon verre d'une traite, ma gorge pourtant reste sèche, comme si je venais de fumer un joint trop chargé, la peur a aspiré toute ma salive. Inutile de chercher la sortie des artistes, les portes de la salle sont fermées. Larsens dans le micro. La douce voix d'Éric m'apaise un instant :

« Pour cette présentation publique, nous avons travaillé plus de quatre mois. Nous nous sommes vus presque tous les samedis soir, et maintenant chacun va monter sur scène pour parler de ce qu'il a voulu faire pendant que les photos seront projetées sur l'écran. Ce sont des créations individuelles, dont nous avons discuté ensemble. On pense que la photographie est une occupation solitaire, et elle l'est assurément, mais c'est parfois moins effrayant de se retrouver sur le chemin pour partager quelques étapes. Soyez indulgents, mettez-vous à leur place ! Je vous encourage d'ailleurs à le faire, un nouvel atelier démarre le trimestre prochain. Concernant le concours, nous vous inviterons à voter après la cérémonie – il y a des enveloppes un peu partout. Allez, j'ai déjà trop parlé, je leur cède la place. Ils ont le trac, c'est vrai que je leur ai demandé beaucoup. Dans ce domaine plus qu'aucun autre, n'avons-nous pas intérêt à exiger le meilleur de nous-mêmes ? Peut-être alors l'obtiendrons-nous… »

C'est à l'éternel étudiant que revient la lourde tâche de commencer. Le surdoué du geste. Son travail retrace le parcours d'un homme qui participe à un marathon. Le joggeur se remémore différents actes de sa vie ; les images apparaissent en surimpression et rythment sa course. Mais à force de cogiter, l'homme s'essouffle. S'effondrera-t-il avant la ligne d'arrivée ? Les retraités nous emmènent ensuite au large du canyon de Nazaré, où ont coutume de s'échouer les plus grosses vagues du monde. Et c'est mon tour. À peine ai-je foulé le plateau que je croise les yeux d'Adèle. La tête posée sur l'épaule de Sébastien fraîchement revenu de tournée, elle me sourit, confiante. Les enfants saluent mon entrée en scène en faisant grincer leurs chaises en plastique. Marc se tient debout sur le côté, il a l'air de veiller sur moi autant que sur les spectateurs. « C'est grâce à moi », assure la boulangère à ses voisins, me rappelant l'exubérance de ma mère aux kermesses de l'école. Eugénie a délaissé la Providence pour l'occasion, on dirait que c'est la première fois, tant elle paraît peu à sa place ici. Henri la tient par le bras. Aimantée par leur présence silencieuse, je regrette qu'ils ne soient pas plongés dans le noir – pour isoler l'écran, la plupart des projecteurs sont braqués sur eux. Heureusement, j'ai recopié mon texte en gros caractères, car des ombres dansent sur ma feuille, je m'accroche aux mots, à chaque syllabe. J'avance tel un cancre, trébuchant phrase après phrase. Une patineuse qui chute et se rétablit. Les lumières de la salle clignotent sous mes paupières frémissantes. Mes oreilles bourdonnent, je suis certaine d'entendre des sirènes hurler au-dehors. Démasquée. Prise la main dans le sac. Bon sang, je ne suis pas en train de braquer une banque, je ne fais que présenter mes photos à cette noble assemblée ! Je lis sans m'entendre et, en approchant du passage délicat, je me remets à trembler :

« *Plus encore que ses gesticulations, c'est le nom d'abord qui m'attira : Emma Auster. Je venais de finir le dernier roman de Paul Auster…*

J'aurais du mal à me l'expliquer plus tard, mais en ces circonstances, la bonne décision, l'évidence, fut d'aller jusqu'au chauffeur, pour affirmer d'une voix ferme et résolue en désignant sa tablette : C'est moi. »

Dans mon dos, défilent plusieurs photos d'oiseaux que j'ai choisies pour faire plaisir à Adèle. Ou à Emma. Cette Emma qui aurait dû être là, à ma place, pour montrer ces cigognes noires et le vol nocturne des engoulevents…

Viennent ensuite des images de ma fenêtre : la rue déserte de jour comme de nuit (animée, rien que pour moi, d'amoureux imaginaires) ; et puis les enfants jouant dans le jardin, prisonniers d'un pneu ou lançant des ballons en plastique multicolores ; il y a aussi Adèle se croyant seule une cigarette aux lèvres, cheveux au vent ; son sac et son carnet ; en plus serré, cette citation de Philip Roth sur les secrets qui m'avait tant inquiétée ; la forêt dévastée, Jean retournant la terre, les pousses timides, les premières fleurs ; mes propres mains, brûlées à l'eau de javel ; l'enseigne de la Providence, ma chaise et ma table attitrées ; Marc et son balon suspendu ; son dos large dans la lumière du petit matin, ses épaules adorées ; l'entrée du cimetière enfin, les inscriptions sur les tombes ; et le visage ridé, fatigué de ma mère… Il me reste encore un paragraphe, mais j'abandonne ma lecture un court instant pour vérifier. Personne ne s'est levé. Les enfants continuent à sourire. Sébastien n'a pas quitté la salle, plein de rage. Je leur ai menti, une année entière, mais ils m'écoutent, satisfaits, tandis que je le leur révèle. Ils ne me rejettent pas, ne m'abandonnent pas. D'une voix blanche, j'achève mon histoire sur les fleurs du papier peint de ma chambre que j'ai flouté en gros plan. Le silence s'étire, puis Adèle hoche la tête sous les applaudissements. *Qu'est-ce que ça change ? Rien du tout !* semble-t-elle me dire. *Pour moi, ça ne change rien. Du tout.*

« J'ai beaucoup aimé tes oiseaux, Emma. Ah, mais au fait, comment faut-il t'appeler ? lance-t-elle, malicieuse, sur le chemin du retour. Je suis certaine que tu vas gagner, sais-tu que ton professeur parle de toi comme de la nouvelle Vivian… qui ? Son nom m'échappe. Une nounou-photographe, comme toi ! »

Le soir même, Sébastien m'explique que mon grand secret n'était en réalité une surprise pour personne. Adèle avait croisé ma mère au village, la veille de son départ : « Ne lui en veux pas d'avoir vendu la mèche, de toute façon nous nous en doutions. *Nobody's perfect !* Alors aux vies nouvelles ! » trinque-t-il avant de remballer une fois de plus ses affaires.

Expérience pratique

> « S'il est vrai qu'on ne réalise en une vie qu'une partie de ce que l'on a en soi, qu'advient-il du reste ? »
>
> Alessandro Baricco

Adèle et ses enfants n'existent pas, pas plus qu'Eugénie et son frère, la boulangère et ses concours de photos ou que Marc et Martin… La nouvelle vie d'Emma Auster n'était qu'un rêve ; j'ai laissé le chauffeur de taxi attendre seul, personne ne l'a rejoint en ce soir de printemps pluvieux. Mon vrai moi n'en a pas eu le courage. Il s'en est certes approché, a hésité un moment, mais, voyant passer un bus plus loin, il a préféré payer sagement son ticket au conducteur et s'y engouffrer. Planqué comme les cancres au fond du car, mon vrai moi a regardé le chauffeur s'éloigner bredouille en pensant à ce qui aurait pu se passer, s'il n'avait pas toujours si peur de tout, des autres, de l'inconnu…

À force de m'être projetée en Élisabeth (ou en Emma), durant des mois, je ne pouvais m'empêcher de l'imaginer chaque fois que, au bout du quai, j'apercevais une pancarte dont le nom m'attirait. Il m'arrivait de rester bêtement plantée à côté du chauffeur ou même de lui tourner autour. Pour parfaire mon récit, ne devrais-je pas me confronter à la réalité ? Tenter, à mon tour, ce que seul mon double de fiction avait osé entreprendre, m'essayer à ce *Jeu des si*, endosser ce rôle de femme disparue ?

À cette période, je voyageais beaucoup. Le confinement du printemps n'était plus qu'un mauvais souvenir, nous avions repris la tournée avec l'équipe, j'avais donc chaque fin de semaine l'opportunité de passer à l'action. J'attendais juste la bonne occasion. Quand trouverais-je enfin l'audace de me glisser dans la peau de mon personnage ? Quand deviendrais-je pour de bon Emma Auster ? En revenant du Gymnase à Marseille, de la Gare du Midi à Biarritz, de la Comédie de Reims ou du CDN d'Angers ?

À deux reprises au moins, je fus sur le point de franchir la ligne. Après avoir sciemment laissé les autres voyageurs sortir du train, j'arpentais le quai, repérais un chauffeur isolé qui scrutait les retardataires empêtrés dans leurs valises, et m'approchais… Mais au dernier moment, je me défilais toujours. Au fil des semaines, je commençai à me faire une raison : je n'aurais jamais le courage de mon double de fiction. Dans la vraie vie, je n'usurperais l'apparence de personne. J'étais forcée de le reconnaître, mon métier, dans ces circonstances, ne m'était d'aucune aide. Malgré toute mon expérience, je demeurais incapable de me risquer à l'improvisation. Les chauffeurs avaient beau me reluquer derrière leurs pancartes, je me contentais de rentrer chez moi comme tout le monde, passant à côté des Chantal Vonnier, des Catherine Berhing et autres Jeanne Thibault…

Autant être lucide, je ne pouvais endosser de nouvelles personnalités que dans les limites bien rodées de mon activité, lorsque tous les protagonistes étaient prévenus, histoire de ne duper personne. Je ne me lançais qu'après les deux mois de répétitions réglementaires, lorsque le metteur en scène, le dramaturge et la costumière avaient dessiné les contours du personnage, que mon texte était appris par cœur, que j'étais capable de le réciter le matin au petit-déjeuner, dans le métro, sous la douche, à l'endroit et à l'envers. Ensemble, nous avions tâtonné. Durant des semaines, nous nous étions trompés, avions douté, cru tenir une piste ; soir après soir, nous avions tenté de l'approfondir… Alors seulement, le public pouvait entrer pour se payer quelques heures d'illusion. À de rares instants, « le quatrième mur » tombait, et les spectateurs, acceptant de se plier à la convention théâtrale, nous rejoignaient. L'espace d'une scène ou deux, l'assistance croyait à notre réalité, tandis que, sur le plateau, conscients de l'instant de grâce qui nous était accordé, nous flirtions avec cette enivrante sensation de communion. Les émotions nous traversaient, nous perforaient plutôt. Pour y parvenir, nous convoquions une expérience, un souvenir souvent douloureux, et à travers lui, nous disions la vérité. La vérité vraie. Les mots parfois n'étaient pas les bons, ils nous semblaient trop littéraires, décalés, mais les joies ou les peines étaient les mêmes, notre désir, lui, existait bel et bien.

« Ils font semblant de faire semblant », disait Marivaux des acteurs. À l'image d'un Laurent Terzieff criant sur la scène du théâtre de l'Atelier : « Henri IV c'est moi, c'est moi, je ne suis pas fou ! », ce vertige pirandélien me guettait parfois. Comme Ilse dans *Les Géants de la montagne*, il m'était arrivé de ne pas vouloir sortir de scène, préférant la vie du personnage à la mienne. Je n'avais peur d'aucune situation, j'aimais, au contraire, les plus extrêmes. J'avais tourné des plans volés sur l'autoroute, marché dans la tempête au bord d'un précipice, j'avais joué enfermée dans une voiture par cinquante degrés, passé des journées nue à faire l'amour sous une pluie hivernale antédiluvienne... Certains rôles avaient exigé des semaines d'immersion, la jungle de Calais, la prison S21 de Phnom Penh... J'étais fière de donner la réplique à des non-professionnels. Mais jamais je ne me serais jetée dans le vide, sans scène ni costumes. Sans connaître l'issue de l'histoire. Car l'on peut tout vivre, me semble-t-il, en connaissance de cause. On peut choisir de s'engager sur une route accidentée pour peu que l'on sache où elle nous mène. *Même si la fin est terrible, j'y suis préparée.* Oui, j'aurais certainement tenté l'aventure, je l'aurais fait depuis longtemps, si j'avais eu une petite idée de la fin...

Ma démonstration était convaincante, mais je ne faisais que me justifier inutilement. Ces arguments, toujours les mêmes, ne servaient qu'à repousser l'échéance, il était temps de sauter le pas. Pour parfaire mon *Jeu des si*, j'avais impérativement besoin d'une expérience pratique. L'imagination ne suffit pas toujours, et il manquait encore à mon récit certains détails. Avais-je suffisamment décrit la surprise de mes hôtes, balayé toutes les possibilités, pris en compte les émotions contradictoires de mon personnage lors de son arrivée ? Que ressentait-elle dans cette maison inconnue ? Était-ce la peur ou l'excitation qui dominait, la culpabilité ou l'angoisse ? Une fois parachutée, voyait-on l'absurdité d'un tel geste ? Se trouvait-on, avant tout, submergé par la honte, la solitude ?

Après avoir si longtemps hésité et mesuré combien cette décision était lourde de sens, un beau jour, je m'embarquai enfin.

Contrairement à mon intuition première, ce ne fut pas le nom, d'abord, qui m'attira, mais plutôt l'air avenant du chauffeur. Il n'y avait presque plus personne sur le quai, aucun risque de me faire alpaguer par la véritable cliente du taxi, je me dirigeai donc vers ma victime. Après s'être emparé de ma valise en souriant, le chauffeur me guida dans les couloirs glacés de la gare de Lyon, puis nous plongeâmes ensemble dans le parking à la recherche de sa voiture. Combien de fois me retins-je de faire demi-tour ? J'hésitais à le remercier poliment, ou à lui arracher mon sac des mains avant de m'enfuir en courant. Au lieu de quoi, je restais muette, et le suivais docilement.

À peine installée, la radio envahit l'habitacle, les voix criardes des chroniqueurs achevèrent d'embrouiller mes pensées. Place de la Bastille, Richard-Lenoir, République, les Grands Boulevards. Nous allions vers le nord, le GPS sur le tableau de bord n'indiquait que la durée du trajet, vingt-deux minutes… Pour un samedi après-midi, les avenues étaient étrangement vides. Nous allions de plus en plus vite, à notre approche, les feux passaient instantanément au vert. Autrefois les rues de Paris étaient aussi dégagées, et la R16 bleu métallisé de mon père roulait à cette allure. Enfoncée dans les sièges en skaï, j'adorais descendre les Champs-Élysées le dimanche matin à cent à l'heure, puis tourner autour de la Concorde sans croiser personne. Je me plaisais à imaginer les gens chez eux en pyjama, tandis que les pavés de la capitale nous appartenaient.

Le chauffeur contourna la place de Clichy. À regret, je laissai le Pathé-Wepler derrière moi. J'aurais mieux fait d'oublier toutes ces histoires et d'aller au cinéma.

Le taxi me déposa en plein centre de Clichy, devant une vieille maison oubliée des promoteurs. Le minuscule pavillon était encadré par une barre d'immeubles et un énorme bâtiment verdâtre hérité des années soixante-dix, un genre d'Ehpad baptisé par le conseil municipal « résidence Azur ». Malgré mon appréhension, j'avais l'intention d'aller au bout. Je n'étais pas en terrain inconnu, me répétais-je, on ne m'avait pas laissée seule dans la montagne. Agrippée à mon téléphone portable, j'avais, plus aisément qu'Emma, la possibilité de partir à chaque instant. Je m'accrochais aux conseils d'un metteur en scène avec lequel je venais de travailler comme à une formule magique : *Ne pas anticiper. Accepter de se laisser déborder, accueillir les accidents, laisser les autres vous surprendre…*

Après avoir respiré un bon coup, je sonnai à l'interphone. Quelques secondes plus tard, un homme m'ouvrit, que je pris d'abord pour un Chinois malgré le kimono traditionnel dans lequel il était élégamment enveloppé. Indécise, je me contentai de le regarder en silence. J'avais beau me persuader que j'étais sur la bonne voie, que je suivais à la lettre la consigne *ne pas anticiper*, je désespérais de ne rien trouver à dire. Comment me tirer de ce mauvais pas ? J'attendais qu'il me questionne, m'invite à entrer, mais l'homme piétinait sur le seuil dans ses sandales en bois. Impossible de lui donner un âge. Son corps sec et robuste, ses cheveux noirs et fins, ses sourcils foncés, contredisaient les rides qui creusaient son visage, comme ses mains fines et soignées constellées de taches de vieillesse. Il m'observait d'un air poli, sans dissimuler toutefois son impatience et la curiosité que je lui inspirais. Je le dépassais d'une tête, mais ses épaules larges et musclées m'intimidaient. En contre-jour, sa silhouette était aussi menaçante que celle de Kitano dans ses rôles de Yakusa. Lâchement, je choisis donc de botter en touche et m'excusai platement, c'était une erreur, une regrettable erreur… Il hésita puis s'inclina, avant de refermer doucement la porte, me laissant seule sur le trottoir. Tout était allé trop vite. Mon cœur battait à tout rompre, je sentais les pulsations du sang dans mes tempes. Je restai là un long moment, m'accusant de ne pas m'être mieux préparée. Deux petites dames au dos courbé passèrent au ralenti devant moi, ensemble elles s'engouffrèrent dans la résidence Azur. Combien de temps demeurai-je ainsi, figée devant la maison, à attendre une seconde chance ? Pour récompenser ma patience ou mon indécision, elle finit par se présenter. Le Japonais ouvrit de nouveau sa porte et me demanda ce que je voulais. « C'est… un peu compliqué… » bégayai-je embarrassée, cherchant en vain une explication, quand, à mon grand soulagement, il me proposa enfin d'entrer. Je le suivis dans un couloir étroit, sans m'étonner de sa confiance. Je n'avais jamais inspiré de crainte à personne. Aucun flic ne m'avait contrôlée de ma vie. Ni à la douane ni dans les manifestations. Fallait-il mettre cela sur le compte de ma peau blanche, de mes cheveux blonds ? Ou de mes lunettes de première de la classe et de mon air candide ? Au lycée, j'étais la seule à n'avoir jamais été accostée par un dealer. Inutile de porter des Dr. Martens, je n'avais pas le profil. Plus tard, après être tombée amoureuse d'un camé, et m'être mise à fumer son shit dès le réveil, je gardais ce visage irréprochable de bonne élève. Le Japonais me laissa donc entrer chez lui sans la moindre inquiétude, et me conduisit dans un petit salon où des affiches de Kabuki recouvraient les murs. Il me proposa un thé au riz grillé, puis disparut de longues minutes dans la cuisine. J'entendais des bruits de casserole, il avait allumé la radio, un slow des années 80 réveilla de vieux souvenirs. Face à moi, sur le buffet, un énorme Daruma rouge me scrutait de son œil unique – le second attendait d'être peint après l'exaucement du vœu de son propriétaire : dans sa robe de moine, la poupée de papier mâché semblait me faire un clin d'œil. Que manquait-il à mon hôte ? Espérait-il encore rencontrer l'âme sœur ? Souhaitait-il finir centenaire, obtenir davantage de richesses ? Il revint bientôt avec un plateau garni de petits bols en céramique, et s'installa sur le fauteuil en cuir face à moi. *Ne pas anticiper*, *se laisser surprendre*. Pourquoi ne pas dire plutôt la vérité ? Deux gros chats sautèrent des étagères et s'allongèrent à ses pieds. J'avais à présent trois paires d'yeux braquées sur moi, sans compter l'unique pupille noire de la poupée japonaise. Être l'objet d'une telle attention m'aida sans doute à avouer. « Je suis désolée… Vous attendez une certaine madame Delèze, malheureusement elle ne viendra pas. Je lui ai volé son taxi à la gare de Lyon. Je voulais me faire passer pour elle, mais je n'y arrive pas. » L'homme me regardait, interdit. « C'est un jeu idiot, ajoutai-je, une expérience. N'allez pas croire que je me moque de vous, tout le monde a rêvé un jour de changer de vie, n'est-ce pas ? Je voulais emprunter ne serait-ce que quelques heures celle de votre invitée. Merci pour le thé, je ne vais pas vous faire perdre plus de temps. » Ces aveux m'avaient épuisée, je me sentais vide, découragée. Et j'avais la désagréable impression d'habiter un film à l'image arrêtée. Mon hôte avait cessé d'aspirer le liquide fumant dans sa tasse, les chats avaient écourté leur toilette, tous avaient l'air faux à force d'être immobiles. Je décidai de me secouer, et rassemblai rapidement mes affaires. Le Japonais me rattrapa dans le couloir : « Seriez-vous tentée par un Yonige ? »

Me proposait-il un autre thé ou un gâteau japonais ? Une de ces spécialités aux haricots rouges dont les Parisiens s'étaient entichés ces dernières années ?

« Je vous prie de me pardonner si je suis trop direct, mais vous avez le même regard que ma sœur avant son départ… Rassurez-moi, vous n'êtes pas sur le point de vous évaporer ? » insista l'homme d'une voix inquiète. Comme je me taisais, il enchaîna : « Au début, mes parents ont pensé que ma sœur était morte. Au Japon, la plupart des gens partent parce qu'ils ont des dettes, perdu leur emploi, veulent éviter à leur famille la honte d'un divorce ou d'un échec scolaire. Mon aînée n'avait commis aucune faute d'honneur. Mon père a payé quelqu'un pour enquêter, c'est comme ça que nous avons appris qu'elle avait eu recours à une Yonigeya, une société spécialisée. Chez nous, c'est un vrai business, plus de cent mille Japonais disparaissent ainsi chaque année. Des professionnels s'occupent d'effacer vos traces et de vous installer dans une nouvelle vie, là où personne ne viendra vous chercher. Mon père avait offert une forte récompense, et un type a fini par parler : ma grande sœur se cachait dans un meublé de Kamagasaki, un quartier minable d'Osaka. Elle avait juste emporté son ordinateur et les économies que notre mère gardait à la maison. Ce n'était pas une simple fugue. Je suis persuadé que si mon père n'avait pas tout fait pour la trouver, elle ne serait jamais revenue.

— Peut-être avait-elle seulement besoin de s'éloigner un moment…

— Chez nous, on revient rarement en arrière, on ne peut pas prendre le risque de blesser l'orgueil des gens, surtout de ses parents. Aujourd'hui, elle est mariée, et s'occupe de ses enfants, son mari est très bien, m'assura-t-il en regagnant le salon. Un Salaryman… Je les vois peu. C'est moi finalement qui ait réussi mon Yonige ! ajouta l'homme en riant. J'avais une trentaine d'années quand un Français m'a invité à animer un stage de Shakuhachi, et je ne suis pas rentré. Je viens de la province du Kansai, c'est un art traditionnel très réputé là-bas… »

Il s'empara d'une boîte en laque sur une étagère, et l'ouvrit pour en sortir d'un geste délicat une flûte en bambou percée de cinq trous. Médusée, j'entendis son souffle se mêler comme une plainte à la mélodie. Puis il inclina la tête avant de se rasseoir, et posa précautionneusement l'objet sur ses genoux, tandis que les notes finales continuaient de résonner dans la pièce carrelée.

Je le remerciai, émue. Son récit ne me surprenait guère – depuis que j'avais commencé à écrire le mien, je ne comptais plus les facéties du hasard, ses correspondances. Le temps du morceau de flûte, j'avais quitté la banlieue parisienne pour déambuler dans une forêt d'arbres millénaires envahie d'esprits bienfaisants. J'en connaissais quelques-uns pour m'être intéressée aux estampes japonaises sur lesquelles les Yōkais sont souvent représentés. J'aimais les Akatekos qui ont coutume d'apparaître « sous la forme d'une main rouge pendant des arbres », les Abura-akagos, « ces enfants fantômes qui lèchent l'huile des lampes » ou les Akanames qui leur préfèrent « la saleté des baignoires la nuit ». Je rêvais de croiser un jour un Yamanbo, « l'esprit solitaire d'un petit garçon toujours assis au pied d'un grand arbre »…

Je sursautai, croyant qu'un Sodehiki-hozō, « un esprit invisible tirant sur les manches », s'était emparé de la mienne, mais ce n'était que le chat qui grimpait sur mon dos. Son maître se mit à rire, n'était-il pas lui-même un Satori : « une sorte de démon qui percevait tout ce que j'avais dans la tête » ? Il resservit du thé que nous bûmes en silence, le poids sur ma poitrine s'était envolé, je savourais ma nouvelle tranquillité, quand la sonnerie de l'interphone nous ramena à la réalité. « Voilà, sans doute, la vraie madame Delèze, dit-il en se levant d'un air satisfait. C'est une amie suisse à qui je donne des cours de flûte depuis longtemps, je suis heureux qu'elle ait tout de même pu nous rejoindre. »

Je n'osais pas bouger, me sentant de nouveau coupable, je les entendais chuchoter dans l'entrée, n'étais-je pas tout bonnement la proie d'un Tsujigami, « ces esprits qui se manifestent à la croisée des chemins » ? me demandai-je en observant la flûte restée sur le fauteuil vide. Les trous dans le bois clair étaient si noirs… on aurait dit cinq petites bouches édentées, cinq bouches qui paraissaient aussi avides de baisers que les chats l'étaient de mes caresses.

La femme entra, rouge et transpirante, elle me salua et s'assit sur le dernier siège. Son parfum luxueux se diffusa aussitôt dans la pièce. De la rose mêlée à un genre de muguet. Une dame sans âge, teinte en blonde, le visage refait. Je lui expliquai « ma méprise » et m'excusai en insistant pour rembourser le taxi. Elle déclina d'un geste vague tout en ouvrant une longue boîte semblable à celle de son professeur, le coffret contenait la même tige aux reflets verts, d'un bois à peine plus foncé. Je me sentais bien seule, les mains vides : pourquoi ne pas avoir écouté mes parents, pourquoi m'être privée de la compagnie d'un instrument ? regrettai-je alors qu'ils se préparaient à jouer. Ils m'autorisèrent tous deux à les écouter. Je déclinai poliment.

« Merci de m'avoir laissée entrer, soufflai-je à mon hôte en guise d'adieu.

— Qui n'en a pas rêvé, quel écolier, quel directeur, quel employé n'a conçu son propre plan d'évasion ? reprit le professeur en me raccompagnant. Pourquoi décide-t-on un jour de partir vraiment ? Ma sœur ne l'a jamais dit. Elle est heureuse maintenant. On fuit parfois ce à quoi on tient le plus. Voilà le plus étrange… »

Derrière lui, suspendue à des fils invisibles, une marionnette de Bunraku me regardait d'un air impassible. Son visage blanc luisait dans l'obscurité. Happée par cette petite lune pâle au milieu du couloir, je n'écoutais plus le joueur de flûte. Je ne voyais plus que ses cheveux noirs si brillants, sa bouche rouge sang, les filets d'or de ses vêtements. Et c'est à la figurine de bois que je lançais un dernier remerciement avant de disparaître.

Le ciel s'était assombri durant mon absence, voilà que de grosses gouttes s'écrasaient sur les épaules des femmes et des enfants qui piétinaient devant la résidence Azur. Accrochés aux balcons volaient des ballons de couleur que je n'avais pas remarqués en arrivant. Une fête devait être organisée pour les familles des pensionnaires, j'eus envie de les rejoindre… et j'attendis quelques secondes avant de me lancer sous la pluie au milieu des passants.

Les citations

Qui cherche l'infini n'a qu'à fermer les yeux.
Nous avons tous besoin que quelqu'un nous regarde.
L'Insoutenable Légèreté de l'être, Milan Kundera

La Force de l'habitude est le titre d'une pièce de Thomas Bernhard

Ô Douce-Amère ! Certes, je t'appellerai amère, car il est amer de se séparer de toi ! *L'Échange*, Paul Claudel

Demeure mon amour heureux et malheureux
Demeure mon amour dans mes bras, prisonnière
Soleil secret du cœur qui n'est que pour nous deux
Ma chère amour seule et dernière…
« Les Vêpres interrompues », Louis Aragon

Il fait toujours beau dans les catastrophes.
Le Journal d'Hélène Berr

Je sens des boums et des bangs
Agiter mon cœur blessé
L'amour comme un boomerang
Me revient des jours passés
« Comme un boomerang », Gainsbourg

Voilà la plus belle preuve d'amour : prendre la liberté de rester alors qu'on pourrait s'en aller. *Dans ces bras-là*, Camille Laurens

« Tu la sens l'émotion qui passe » est une réplique de *Merci la vie* de Bertrand Blier.

Et alors qu'ils ne sont encore que des disciples, voilà qu'ils veulent devenir des maîtres et des professeurs, avant même de savoir écouter correctement. *L'Anatomie de la mélancolie*, Robert Burton

Sur les univers multiples, il y a des citations d'*Iris, deux fois* d'Anne-Laure Reboul et Naomi Reboul, ainsi que les articles de *Sciences et Avenir* sur les dernières contributions de Stephen Hawking, et celles (quelque peu revisitées) d'Aurélien Barrau, dans *La Vie des idées*

« C'est le vent du nord qui me fera capitaine d'un brise-larmes pour ceux que j'aime », « Mon père disait », Jacques Brel

Dans les passages concernant l'atelier, il y a une ou deux citations de Philippe Djian trouvées notamment chez Gallimard ou dans la revue *Décapage*, légèrement transformées. Le poème « Ô Ironie » est en fait une chanson qu'il a écrite pour Stephan Eicher.

« La meilleure façon de disparaître, paraît-il, n'est pas d'effacer ses traces, mais de les multiplier – dans des sens divers et contradictoires » est un conseil de Blandine Rinkel.

Il faut continuer, je ne peux pas continuer, il faut continuer, je vais donc continuer, il faut dire des mots, tant qu'il y en a, il faut les dire (...) il faut continuer, je ne peux pas continuer, je vais continuer. *L'Innommable*, Samuel Beckett

Si j'ai pu parler du Yonige japonais, je le dois à Léna Mauger et Stéphane Remael, et leur enquête sur *Les Évaporés du Japon*. Le dernier chapitre contient également quelques citations.

REMERCIEMENTS

Merci à Juliette Joste qui continue de rendre tout possible.

À Laurent Grégoire de m'accompagner dans chacun de mes choix depuis plus de trente ans.

Merci à Marie-Eugénie Jullian de me soutenir, et de « m'ailer » si souvent, je pense au poème de Rimbaud : « Et d'ineffables vents m'ont ailé par instants ». Certains êtres sont capables de ça aussi. En premier lieu, mes enfants qui sont ma plus grande joie et ma plus grande fierté, sans cesse renouvelée…

Cet ouvrage a été imprimé
par CPI Brodard et Taupin à La Flèche
pour le compte des éditions Grasset
en mars 2022.

Mise en pages
PCA 44400 Rezé

PAPIER À BASE DE FIBRES CERTIFIÉES

Grasset s'engage pour l'environnement en réduisant l'empreinte carbone de ses livres. Celle de cet exemplaire est de :
750 g éq. CO_2
Rendez-vous sur www.grasset-durable.fr

N° d'édition : 22417 – N° d'impression : 3047039
Dépôt légal : avril 2022
Imprimé en France